不思議な妖術を使う男
レシアータ・バフェム
「さあ、混乱と絶望に震えて堕ちるがいいさっ！」
Aランク冒険者兼
無限神教の教皇
シャーリー・ミロライド

《∞の神》の力を持つ主人公
アルフ・レイフォート
「……ふざけるのも大概にしろよ、レシアータ・バフェム」
「私も、もう怯えません。これから戦うことになる相手が、たとえトラウマの元凶であろうとも……！」
世界最強の傭兵団に所属する少女
リュシア・エムリオット

外れスキルだからと追放された《∞チートアビリティ》が強すぎて草も生えない件

～偶然助けた第三王女にどちゃくそ溺愛されるし、前よりも断然楽しい生活送ってます～ 2

どまどま

ぶんか社

C O N T E N T S

第一章　外れスキル所持者、新たな日々を送る

1

フレイヤ神を倒してから数時間後。

「おおお……！」

「あのお方が、かのアルフ・レイフォート様……！」

「なんという神聖なお力か……!!」

壇上に上がっている俺を見て、無限神教の信者たちが一斉に頭を下げる。

そうだな……総勢で五百名ほどか。

教皇シャーリー・ミロライドが言うには、世界各地に散らばっている信者たちは他にもまだまだいるらしいが……。

とにもかくにも、いま俺は、大勢の信者たちに熱い声援を浴びせられていた。

「は……ははは……」

その光景を見て、俺は苦笑を禁じえない。

俺なんて、そんなにたいした人物じゃないんだけどな。

それでも彼らが俺に熱狂的な視線を向けてきているのは、ひとえに《∞（むげん）チートアビリティ》とい

うスキルのおかげだろう。

――《∞チートアビリティ》。

名前だけでは能力がわかりにくいこのスキルは、俺の立場を大きく変えた。

当時剣帝(けんてい)の息子として期待されていた俺は、父から必ず「強力なスキル」を授かるだろうと信頼されていた。にもかかわらず俺が授かったのは、《∞チートアビリティ》という、使い勝手もわからない未知のスキル。その一方で、弟のベルダは《神聖剣》という期待通りのスキルを授かって――。


こうしたいざこざを経て、俺は実家から勘当されることになったんだよな。

外(はず)れスキルを所持している者は、太陽神フレイヤの恩寵(おんちょう)を得ることができなかった〝呪われし者〟であり、たとえその《外れスキル所持者》と血縁関係にあろうとも、その者とは絶対に関わってはならない。

こうした太陽神教の教えが一般的になっている現代では、親が子を捨てる光景はなんら不思議なものではない。きっと俺の他にも、外れスキルが原因で、親に捨てられた者が大勢いるだろう。

そしてこのことに違和感を抱いたのが、ヴァルムンド王国の第三王女たるラミア・ディ・ヴァルムンド。そして無限教神の教皇たるシャーリーだ。

彼女たちと関わるうちに、俺はこの《∞チートアビリティ》に隠されし真実があることを知る。

それはこのスキルがかつて《∞の神》が遺(のこ)したであろうスキルであること。その《∞の神》は王国の歴史から抹消されているが、本当は世界の創造主であること。

さらに世界的に有名な《太陽神》《治癒神》《知恵神》の三柱は、実はこの《∞の神》から世界を奪った邪神であること。

そうした世界の真実を、俺はつい最近知ったんだよな。

つまりこの《∞チートアビリティ》は、《∞の神》の力の結晶であり――。

その《∞の神》を信仰している無限神教の信者たちが、俺にも強い信仰心を向けるのはある意味当然のことだった。

「そう謙遜なさらないでください。アルフさんはもう、世界を救った英雄なんですよ」

と。

後頭部を掻いて戸惑っている俺に、横から一人の女性が話しかけてきた。

――シャーリー・ミロライド。

無限神教の教皇たる彼女は、大勢の信者の前でも動じることなく、いつも通りの澄まし顔を浮かべていた。

「お忘れになったわけではないでしょう？　世界を恐怖のどん底に陥れた、恐るべきフレイヤ神……。一瞬にして一国を滅ぼしたあの大怪物に、アルフ様は勝ってみせたんですから」

「い、いやぁ……。それはそうなんですが……」

シャーリーの言う通り、フレイヤ神は信じられない力を秘めていた。

記憶に新しいところでは、やはりヴァレスト帝国の壊滅か。

フェルドリア国王によって目覚めさせられたフレイヤ神は、その力をもって、敵対している帝国を一瞬にして火の海にしてみせたのだ。

それのせいで世界は恐怖に染め上げられた。

俺はそんなフレイヤ神を倒したのだから、たしかに見る者にとっては英雄に映っているかもしれないが——。

「だとしても、俺なんてたいした人間じゃないですよ。まだまだ修行不足な点もありますし……」

「ふふ、そういう謙虚なところが素敵なんですけどね♡」

「そ、そうですか……」

駄目だ。

何を言っても聞き入れてもらえそうにない。

「アルフ様！」

「アルフ様！」

無限神教の信者たちもまた、俺を見上げては熱狂的に叫び続けるのみ。

本当に疑問だよな。

こんな俺なんかのどこがいいんだか……。

「それはさておき、アルフ様」

俺が恐縮していると、ふいにシャーリーが表情を引き締めて言った。

「世界を救ったあなたに、ぜひお渡ししたい物がございます。……右手を出していただけませんか？」

「わ、渡したい物……？」

オウム返しにそう呟きながら、俺は言われた通りに右手を差し出す。

するとその手の平に、透明に煌めく宝石が乗せられた。

「お、おお……！」

「それは……！」

信者たちはいち早く宝石の正体を感じ取ったのか、なかば興奮したように大声をあげる。

「……………？」

だがもちろん、当の俺はこれがなんなのかわからない。

「シャ、シャーリーさん……？　これは？」

「無限神教の〝執行部〟を呼びだす宝石です。彼らも厳しい特訓を受けていますから、いざという時は頼りになりますよ」

「…………」

シャーリーがそう言っている間にも、新しい気配が複数、こちらに迫ってきた。

あまりのスピードのため、肉眼では黒い残像が近づいてきているようにしか見えないが——。

フレイヤ神との戦いを経て、俺も以前より実力が高まってきたのかもしれない。

「なるほど……。合計で五名。これが〝執行部〟の実力ってことですか」

「ふふ……、さすがですね」

シャーリーがそう呟いた途端、俺の周りを五名の男が取り囲んだ。

全員が黒装束を身に纏い、腰のあたりに後ろ手を組んでいる。まさに無駄一つない、極めて洗練された動きだった。

「もちろん、〝執行部〟はこの五名だけではありません。ご用命の際はこの宝石に念じていただけると、彼らがすぐに駆けつけてくれるでしょう」

「…………」

なるほど。

彼女はもう、俺がやろうとしていることを薄々察しているようだな。

たしかに俺の目的を考えれば、助っ人が多いに越したことはない。

「ありがとうございます。有意義に活用させていただきますよ」

「ええ。私たちもまた、全面的にアルフ様を支援させていただきます。……いえ、それだけではなく、個人的にもね」

「…………」

無限神教の教皇――シャーリー・ミロライド。

彼女と最初に出会った時は、たしかムルミア村の冒険者仲間という関係だったよな。

しかも凄腕のAランク冒険者でもあり、村に訪れたばかりの俺にとても良くしてくれた記憶がある。

常時メイド服を着ていることといい、ただものではない気配は感じていたが――。

まさか宗教団体の教皇を務めているとは、さすがに予想もしていなかったぞ。

「ふふ、そう恐縮しないでくださいな。私はあくまでシャーリー・ミロライド。素はアルフ様がよく知っている、ただのちょっとえっちなお姉さんでしかありませんから♡」

「いやいや、公衆の面前で何を言ってるんですか……」

いつもの調子を崩さないシャーリーに、俺はやっぱりいつも通り、深くため息を吐くのだった。

2

さて。

こうしたやり取りを経て、俺は無限神教の拠点を出ることにした。

シャーリーは「あら♡　もっといてくださってもいいのに♡」とか言っていたが、もちろんそれは丁重にお断りしておいた。

大勢の信者たちに崇められまくっているあの空間は、率直に言ってめちゃめちゃ居心地が悪かったからな。一刻も早く逃げだしたかった。

「っていうか、本当にムルミア村のそばに出てきたな……」

周囲を見回すと、なんとも思い出深い光景が視界に入ってくる。

どこまでも広がる田畑。厩舎から聞こえてくる馬の鳴き声。人の往来はほとんどなく、時おり流れてくる温かな風がどことなく心地良い……。

今は夜間ということもあり、本当に静かなものだった。

四六時中騒がしい王都とはまるで雲泥の差だな。

——実はここ、ヴァルムンド王国とはまた違った土地でして……。この光の靄を潜れば、ムルミア村のそばに出られるようになっています——

無限神教の拠点を出る時、シャーリーはそう言いながら〝出口〟まで案内してくれた。

拠点の場所はヴァルムンド王国じゃない所にあるとか、さらっととんでもないこと言ってくれるよな。もうツッコむのも疲れたので、俺も適当に流してしまったが。

「疲れた……！」

自宅に到着した俺は、とりあえず寝室のベッドにダイブする。

ふわり、と。

ベッドの柔らかな感触が、優しく俺を受け止めてくれた。

「本当に、いろいろあったよな……」

フレイヤ神との戦い。

第三王女ラミアとの約束。

無限神教の拠点来訪。

ここ一日でとんでもない出来事が続々と引き起こされたものだ。

頭の整理をする意味でも、ここは一度、たっぷり休んでおきたかった。

「それで……これからどうなるんだっけか……」

フレイヤ神を蘇(よみがえ)らせたフェルドリア国王は、その圧倒的な力を誇示するために、ヴァレスト帝国を一瞬にして滅ぼした。

「…………」

そこでヴァレスト帝国が選ばれたであろう理由は主(おも)に三つ。

ヴァルムンド王国と敵対する国だったから。

国力はそれほど高くなく、〝試し撃ち〟にちょうどよい相手だったから。

仮にヴァレスト帝国を仕留め損なったとしても、フレイヤ神に害されて衰えたヴァレスト帝国の国力ではヴァルムンド王国に反撃することができないから。

フェルドリア国王の当時の言動を鑑みるに、おそらくこのあたりだろうと俺は踏んでいる。

正直、この時点でも浅はかこの上ないが……。フェルドリア国王のしでかした蛮行はこれだけに留まらない。

――ルズベルト帝国。

国力がほぼ拮抗しているこの隣国にまで、宣戦布告を仕掛けたのである。

俺たちがフレイヤ神を討ち倒したので、結果的にルズベルト帝国は滅ぼされずに終わったが……ただでさえ犬猿の仲だった隣国とは、さらに溝が広がる形になった。

フレイヤ神を倒した後も、ルズベルト帝国はしばらく国境門付近に戦車を配置し続けたんだよな。国王の座を継ぐことになったユーシア第一王子が謝罪を述べ続けなければ、そのまま攻め込まれた可能性さえある。

さらには周辺諸国も、いきなり隣国に啖呵を切ったヴァルムンド王国に懐疑的な目を向けている状態。

フレイヤ神は無事倒したものの、ではそれでハッピーエンドかというと……残念ながら到底そうは思えない状態だった。

「…………」

実家を追放されたばかりの俺なら、この事態に絶望する他なかっただろう。

ただただ世界の不条理さを呪い、フェルドリア国王を恨み続けるだけで終わったかもしれない。

けれど――。

俺の脳裏には、いまだに〝あの時の声〟が残っている。


――頑張れー！　頑張れー！――

――お願い、私たちの国を守って……！――

――そんな奴は神じゃない！　頼むから王の暴走を止めてくれ！――


かつてフレイヤ神と戦っていた時、ヴァルムンド王国民から届けられた声援だ。

あの時、俺は全身が熱くなる感覚を覚えた。この危機から世界を守るには、自分が頑張るしかないとさえ思えた。

もちろん、俺一人の手でこの不安定な国勢を脱却できるとは思っていないが……。

あの時全力で俺を応援してくれていた人々を思えば、ただ腐っているわけにはいかないと感じた。

俺にはこの、《∞チートアビリティ》という固有スキルがあるのだから。

「いや、違うな……」

そこまで考えて、俺はベッドの上で苦笑を浮かべる。

――世界を守りたい。

――ヴァルムンド王国の人々を、この危機から救いたい。

そうした気持ちも少なからずあるだろうが、一番は俺自身がもっと強くなりたいのだ。《外れスキル》を授かったことで一度は諦めた剣帝の境地を、改めて目指してみたいと。

世界を救うというのは、あくまでそのための過程でしかない。

「はは……。我ながら子どもだな……」

これを思えば、やっぱりシャーリーは卓越(たくえつ)した観察眼を持っていると思う。

きっと彼女は、これから俺が危ないことに首を突っ込んでいくのだと気づいていたんだ。だから例の宝石を俺に渡して、いざという時は〝執行部〟の助太刀(すけだち)が入るようにしたのだと思う。

「はぁ～あ…………」

今後の方針が決まったところで眠くなってきた。

まだ風呂にも入っていないが、今日はもういいだろう。

とにかく、今日はいろいろありすぎた。

もう何も考えず、ゆっくり身体(からだ)を休めたい……。

そう考えた時には、俺は深い眠りに落ちていた。

3

「ん……」

翌朝。

視界に柔らかな日差しが入り込んできて、俺は眠りから覚めた。

「ふわぁ～～あ……」

仰向け（あおむ）けになったまま、あくびをして身体を伸ばす。

頭がすっきりしている。たっぷり休息を取ることができたようだな。

「腹減ったな……」

そういえばちょうど食パンを切らしているんだったか。

卵とベーコンなら用意があったはずなので、面倒だが自分で作るしかないか……。

そう思ってベッドから離れた、その瞬間。

――コンコン。

「ん……？」

ふいに玄関のドアが叩かれる音がして、俺は目を細める。

なんかデジャブを感じる展開だぞ。

かつてはシャーリーが無理やり押しかけてきて、とびきりに美味（うま）いサンドイッチを作ってくれたもんだが……。しかしドアの向こうから感じられる気配は、シャーリーのものではない。

とはいえ悪意も特に感じられないし……いったい誰だ？

「は～い、お待ちください」

ドア越しにそう返事をしつつ、俺はひとまず洗面所に足を運ぶ。少しだけ髪がはねていたのでそれを整えると、改めて玄関のドアを開けた。

「お待たせしました……って、え」

「あ、やっぱりこの家で合ってましたか……！　良かったです」

ちょっと恥ずかしそうな笑みを浮かべているその来訪者に、俺は開いた口がふさがらない。

「ムルミア村には一度お邪魔してますからね～。あの時アルフさんのお家の場所を聞いといて正解でした」

「い、いや、その……」

俺はどもりつつも、それでも大声でツッコみを入れた。

「ラミア王女殿下！　どうしてこんな所に来てるんですか!!」

――ラミア・ディ・ヴァルムンド。

ここヴァルムンド王国の第三王女であり、かつ俺の〝知り合い〟でもある。賊に襲われていたところをなんとか助けて、当時から《∞チートアビリティ》の強さに気づいていてくれていて……そこからの縁だよな。

そう。

彼女は王族という立場なのだ。

にもかかわらず、こんな辺境の村に訪れるばかりか、俺の家まで足を運んでくるなんて……！

「どうして……って、酷いです。来ちゃいけなかったですか？」

そう言って、眉（まゆ）を八の字にするラミア。

こうした表情がいちいち可愛（かわい）らしいところも反則である。

「そ、そうじゃなくて。第三王女なんだから、絶対お忙しいはずでしょう？　なのにこんな所に来るなんて……」

「あら、アルフさんの家は、こんな所じゃありませんわ。世界を救った勇者様のお家なんですから」

ラミアはそこまで口にすると、両手に持つバスケットを掲げた。

「勇者様には精力をつけてもらわないといけませんからね。今日の朝ごはんは私が作ります。アルフさんはぜひ寛（くつろ）いでいてください」

「えっ……」

おい。

おいおいおいおいおい。

そりゃさすがにまずくないか？

王族に飯（めし）を作らせるなんて、いくらなんでも不敬以外の何物でもない気がする。

「はぁ……。王女殿下、そのような説明ではアルフ殿も困惑されてしまうでしょう」

と。

ため息を吐きつつラミアの脇から姿を現したのは、カーリア・リムダス。

たしかラミアの護衛を務めている女性兵士だな。

「別にいいじゃありませんか。私にとっては、アルフさんとの食事が一番の楽しみなんですから」

「それは存じております。私が言っているのは、そんな説明ではアルフ殿が困るということですよ」

カーリアの言葉を受けて、ラミアがぷーっと頬を膨らませる。

……ああ、常識人がそばにいてくれて助かった。

いきなり王族が家に押しかけてくるとか、マジでもう驚愕する他ないもんな。

「それで、どうされますか？　もしよろしければ、私のほうから説明いたしますが」

「いえ、大丈夫ですっ！　私にお話しさせてください！」

ラミアは大声でそう言うと、まじまじと俺を見つめてきた。

…………いやまあ、本当にめっちゃ可愛いんだよなラミア第三王女。

名前を忘れたという俺の大嘘を信じたりとか、残念なところも少々あるが。

「アルフさん、あなたにお会いしたかったのは他でもありません。世界を救った勇者様に、世界各国の動向をお伝えしたくて……。朝ごはんは私が作りますから、ぜひお付き合いいただけませんか？」

「…………」

なるほど、そういうことか。

フェルドリア国王が暴走したことで、ヴァルムンド王国と周辺諸国の関係が怪しくなってきているのは前述した通り。だからこれ以上余計なトラブルが起きないように、俺に前もって話しておきたいことがあるのだろう。

「……朝からの来訪となり申し訳ございません、アルフ殿」

ラミアの説明を補足するかのように、カーリアが次いで口を開く。

「本当はお昼頃にお邪魔する予定だったのですが、いかんせん事情が事情ですから……。ユーシア王子殿下に話をつけて、こうしてムルミア村に足を運ばせていただいた次第です」

「はは……、大丈夫ですよ。俺としても、今後どうしようか悩んでいたところですから」

「ありがとうございます。そのように言っていただけると助かります」

「む、む～」

そんな俺たちのやり取りを見て、ラミアがまたも頬を膨らませる。

「カーリアって、ほんとなんでもできてすごいよね……。剣が強いだけじゃなくて、私の執事も同時にこなしてるし」

「……そんなことはありません。太陽神教の襲撃には遅れを取りましたし、それに……ラミア様も、私にはない良いところをいっぱいお持ちではありませんか」

「うん。そうかな……」

そう言って顔を俯かせるラミア。

……よくわからないが、彼女も彼女でいろいろと思うところがあるのだろう。庶民の俺には推察する余地もないが。

「とりあえず、そういうことでしたら中でお話ししましょう。何もない家ではありますが、歓迎させていただきますよ」


ちなみにだが、朝食は本当にラミア一人で作ることになった。

手伝い（というか交代）を申し出たものの、それは断固として却下される始末。なぜか近衛兵(このえへい)たるカーリアも何も言わず、王族たる彼女をキッチンに立たせていた。

……本当にもう、見る人が見たら卒倒するような状況だよな。

俺もまったく心が休まらないが、

「アルフさんのために一生懸命練習してきたんです！」

「私一人で頑張ってみせますから、どうか座っててください！」

「大丈夫です！　これでも料理は得意ですから！」

と言うものだから、さすがに手の出しようがなかった。

なんでそんなに気合を入れているのか、俺にはまったく理解ができないけどな。

「…………」

それでもたしかに、ラミアの腕前は本物っぽいな。

キッチンからは香ばしい匂いが漂ってきて、それに釣られて腹の音を鳴らしてしまうほどだった。

それを聞きつけたラミアは、くすっと可愛らしく笑っていた。

ということで。

「お待たせしました！　朝ごはんの完成ですよ！」

待つこと数十分、食卓には様々な料理が並べられることとなった。

主食はパン。こんがり焼かれたトーストの上に、ハムと卵が乗せられているな。思ったよりも庶民的な料理で、思いがけずラミアに親近感を抱くところだった。

ぐつぐつ煮込まれた人参(にんじん)とじゃがいも、玉ねぎが入ったコンソメスープ。

香ばしい香りのするドレッシングがかけられた野菜サラダ。

他にもおいしそうな料理がテーブルに所狭しと並べられていて、俺は思わず唸(うな)ってしまった。

「すごい……。こう言っちゃなんですが、王族の方って自分ではあまり料理しないイメージがあったんですが……」

「ふふ、喜んでもらえたなら何よりです」

そう言って、やっぱりめちゃめちゃ可愛い笑顔を浮かべるラミア。

ムルミア村に来た当時、シャーリーも同じく朝食を振る舞ってくれた。

あの時も希少な香辛料であるユリミソウを用いてくれたが、ラミアもヴァルムンドの王家に生まれし者。上述のユリミソウに限らず、他にも高価な調味料や食材を惜しげもなく料理に使用していた。

もちろん俺も止めにかかったが、

「これくらい気にしないでください♪」

と言って一切の躊躇もない始末。

さすがは王族というべきところだが、こんな俺なんかに高級な食材を使ってもいいのかと、正直不安が拭えない。

「ごくり……」

ということで。

俺は生まれて初めて、王族が作ってくれた料理を食すことになった。

……いや、こんな経験をする人なんて滅多にいないだろうな。

そう思うと緊張してきたぞ。

「ど、どうかしましたか？　もしかしておいしくなさそうですか？」

俺が一人で固まっていると、ラミアが不安そうに見つめてきた。眉を八の字にして、居づらそうにモジモジしている。

「い、いや……、そういうわけじゃないんですが……」

「アルフ殿は恐縮なさっているのでしょう。平民が王家の方に料理を作らせるなど、本来ありえないことですから」

言い淀んでいると、カーリアが俺の気持ちを代弁してくれた。

「ですがアルフ殿、ここはどうか気にせず召し上がってください。これは貴殿に心身ともにリラックスしてほしいという、王女殿下なりの気遣いでもあるのです」

「カ、カーリアさん……」

なるほど。

恐れ多いことには変わりないが、これも俺を労(いた)わってくれてのことか。

だったらここで尻ごみしていてはむしろ失礼にあたるよな。

……なんでカーリアは手伝おうともしなかったのか、そこだけは謎に包まれたままだが。

「では、いただきます」

俺はそう言って両手を合わせると、まずはハムエッグの乗せられたトーストを頬張る。

「…………！」

その瞬間、パンのサクサクした食感と、絶妙な火加減で調理されたハムエッグの味が同時に口に広がり、俺は思わず目を見開いた。

サク、サク、と。

さっきまでの躊躇はどこへやら、俺は無我夢中でトーストをすべて口の中に押し込んでいた。

ラミアの腕前が高いのもあるだろうが、たぶん良質な食材を使ってくれてるんだろうな。彼女は両手でバスケットを抱えていた。そこにはたくさんの野菜や肉が入っていて……ぱっと見ではわからなかったが、相当に上質な食材だったんだろう。

シャーリーの料理も美味(びみ)だったが、それとはまた一線を画している気がする。

「ど、どうですか……？」

俺がトーストを飲みこむと、ラミアが心配そうな顔つきで問いかけてきた。

「めちゃめちゃおいしいですよ!!　これなら絶対お店を開けますって！」

「へ？　お、お店ですか？」

椅子から立ち上がって興奮気味に答える俺に、ラミアが両目をぱちぱちさせる。

「はい、これくらいおいしいなら絶対――って、あ……」

そこまで言いかけて、俺は我に返り、後頭部を掻きながら椅子に腰かけた。

「す、すみません……。王女殿下に何言ってるんだって感じですよね。つい……」

「ふふ、いえいえ。いいんですよ」

くすくすと笑うラミア王女。

「というか、むしろそんなに恐縮しないでください。フランクに接してくれたほうが、私としても個人的に嬉しいですから」

個人的に？　どういうことだ？

「いえいえ、王女殿下に失礼はできませんから……」

「それですそれ。その王女殿下っていう呼び方、地味に寂しいんですよ。なんだか他人行儀みたいで」

「え………」

おいおい。

じゃあなんて呼べばいいんだよ。

俺が戸惑っていると、ラミアは頬に人差し指をあて、思案するような表情を浮かべてみせた。

「そうですね……。アルフさんには、普通にラミアって呼んでもらえると嬉しいです」

「なっ……！　そ、そんなことできませんよ‼」

「えっ……。どうしてですか？」

再び眉を八の字にし、あからさまに悲しそうな顔になるラミア。

「だって、私たちこんなに親しいじゃないですか。なのにそんなに嫌がるなんて……もしかして、私のことお嫌いなんですか？」

「い、いえ、そういうわけじゃないんですが……」

王女を呼び捨てとか、さすがにやばすぎるだろ。

不敬罪どころの話じゃないんだが。

「皆さん、私が《王女だから》って理由で気を遣ってくれますけど……本当に気にしないでください。今回ここにお邪魔させてもらったのは、王国の今後を話し合うのと同時に、アルフさんと個人的に仲良くなりたいのもあるんですから」

「こ、個人的に……？」

「はい。本当は呼び捨てだけじゃなく、タメ口でお話ししてほしいんですけどね」

そう言うラミアの表情からは、心なしか憂い（うれ）の感情が読み取れた。

……よくわからないが、彼女も彼女なりの理由があるのかもしれないな。俺にはまったく想像がつかないが。

「アルフ殿、私からもお願いいたします」

と。

今まで黙っていたカーリアが、大真面目な様子で会話に入ってくる。

「私も国に仕える身ですから、王女殿下に恐縮する気持ちはとてもよくわかります。……ですがラミア王女殿下は、今回のためにお一人で料理の練習をしてこられました。アルフ殿に良い印象を持たれたいがためです」

「ちょっ、カーリア！　そこまで言わないでよ！」

顔を真っ赤(まか)にして反論するラミア。

……なるほど、さっきカーリアが料理を手伝わなかった理由はそこか。

なんで俺に好印象を与えようとしているのかは不明だが。

「ですからどうか、王女殿下の気持ちも汲(く)んであげてください。王女殿下はもう、ずっとアルフ殿のことしか考えておられませんから」

「だ！　か！　ら！　そこまで言わないでってば！」

「…………このままお二人だけだと話が平行線になりそうでしたので。それに嘘は言ってないではありませんか」

「も〜〜〜！」

「は、ははは……」

この忌憚(きたん)のない掛け合い、二人は本当に仲がいいんだな。

たぶんだが、ずっと昔から距離が近かったんだと思う。

「――わかりましたよ。さすがにすぐにタメ口にするのは恐れ多いけど、そこまで言うなら、今後は呼び捨てとタメ口でいくよ。ラミア」

「あ…………！」

そこで嬉しそうに顔を綻ばせるラミア。

「はいっ、ありがとうございます！　え……と、私も今日からは、呼び捨てとタメ口でいいですか？」

「はは……はい。大丈夫だよ」

「やった……！　ありがとう！」

そう言って、やはり嬉しそうに頷くラミア第三王女だった。


さて。

それから二十分ほどかけて、俺たちは朝食をすべてたいらげた。

「ふう……。本当においしかったよ、ラミア」

最初に食べたトーストもめちゃくちゃ美味かったが、スープもサラダも一瞬で完食してしまうほどに美味だった。

こう言っちゃなんだが、本当に意外だよな……。

俺の両親だって、自分では料理なんかまったくしなかった。すべて使用人任せで、自分でフライパンを持ったこともないだろう。

にもかかわらず、王族たるラミアがこんなに料理上手だなんて……。

本当、人は身分によらないというべきか。

「ふふ、満足してもらえたなら良かった。こういう機会でもないと、自分の料理を振る舞うことなんてないから」

「…………」

なんだ。

急にカーリアが暗い表情で俯きだしたぞ。

「あの、いったいどうし――」

だがそれについて問いかける間もなく、カーリアが王女に向かって口を開く。

「……ラミア王女殿下。そろそろ本題に入られてはいかがでしょう」

「あ、そうね。そうだったわ」

ラミアは目を瞬かせると、バッグから一冊の古書を取り出した。

――《エストリア大陸の詩》。

たしか古くから王家に保管されている書物で、未来を予言しているとしか思えない内容が記載されているんだったか。

文章が詩にも小説にも思えるので、真相はいまだわかっていないが……。

――フレイヤ神の偉業、長く時を経た後世にて、広く語り継がれることとなろう――

――フレイヤ神の恩恵は世に繁栄をもたらすことになろう。恩恵を獲得せぬ者は神に見放されし者となろう――

――しかし混迷の世を救いし英雄は恩恵を授かりし者ではなく、神に見放されし者――

――その英雄が初めて力を顕現させるは、大勢の人々が住まう場所、その外れになろう――

――神をも超えた力に人々は恐れ慄き、ある者は尊敬し、ある者は畏怖し、ある者は憎悪を抱く――

――しかし世界を創造せし邪神の阻止が入り、世界は死の海と化す――

これが《エストリア大陸の詩》の一節だったな。

フレイヤ神への信仰が世界を包み込み、《外れスキル所持者》は呪われし者として扱われることになる……。ここも含めて、文中に書いてある通りの歴史を辿っているわけだ。

――かつて世界を滅ぼさんとしたフレイヤ神、無限の神により、無数の剣にて封印される。その封印を解く鍵となるのは、英雄の片割れでもあり、フレイヤ神からの寵愛を受けし者――

そしてこの一文の通り、フレイヤ神の封印は解かれた。

太陽神教が各地の剣を抜き、そして父ファオスや弟ベルダが傀儡となることで、フレイヤ神が目覚めたんだよな。

「実はこの本に、前までなかったはずの文章が追加されてて……。これは絶対、アルフに伝えたいって思ったのよ」

「え……!?　文章が追加って、どういうこと……？」

「うん、何言ってるかよくわからないよね。先に、この本読んでみて」

そう言って、ラミアは《エストリア大陸の詩》を差し出してきた。

「追加された文章はここ。前までは空白だったはずなんだけど……」

ラミアが指差した箇所を、俺は目を細めて読み始める。

――かくして、英雄の手によりフレイヤ神は打ち倒されることになる――

――しかしながらその一方で、世界の崩壊は着々と近づきゆく――

――歴史の強制力は揺るがない。たとえ迷路の中途にて行き先を変えたとて、辿り着く未来はしょせん同様のもの――

――世界を支配せし邪神たちが再び猛威をふるい、世界を混沌の闇に包むだろう――

――人々は己の無力さに打ちひしがれ、絶望に呑み込まれることとなろう――

「ぐ……」

該当の文章をすべて読んだ時、俺は思わず顔をしかめてしまった。

なんだこの不穏な文は。

やはり俺の見越していた通り、事態はまだ何も決着していないということか……！

「だから、第三王女として改めてお願いしにきたの。きっとこの一連の事件は、そもそも何も始まってさえいない。だからまた大勢の人たちが苦しむ前に、アルフにお願いできたらなって……」

「…………」

王女の言葉を受けて、俺は黙り込む。

——謎のスキル、《∞チートアビリティ》。

これは世界を創造せしめた《∞の神》の力が、スキルという形になって俺に託されているものだという。

もちろん、俺ごときが世界を救えるとは思ってもいないが……。

フレイヤ神に唯一対抗できたのがこの《∞チートアビリティ》だったことを踏まえても、俺が何もしないわけにはいかないだろう。

「わかりました、ラミア王女殿下」

俺はラミアの目をまっすぐ見つめ、ここはあえて丁寧な口調で言葉を紡ぐ。

「俺にできることは限られているとは思いますが……。これでも、《∞の神》から力を託された身。できるだけのことはやります」

「あ…………！」

俺の言葉を受けて、ラミアが大きく目を見開く。

「ありがとう……！　アルフがいてくれたら百人力だよ！」

「はは……。さすがにそれは言いすぎだと思うけど……」

後頭部を掻いて苦笑する俺。

彼女の笑顔が見られるだけでも、こうして決断して良かったと思えるよな。

「でも、そうするとどうしよっか。〝世界崩壊の危機〟ってなると、やっぱり隣国のルズベルト帝国のことが思い浮かぶけど……」

「そうだね。まずは帝国のことを調べたほうが――」

ラミアがそこまで言いかけた、その瞬間。

「…………っ」

俺はふいに異様な気配を感じ、思わず眉をひそめた。

「…………！」

カーリアも同様の気配を感じ取ったようで、がっと椅子から立ち上がる。

「え？　何？　どうしたの？」

非戦闘員たるラミアだけが目を白黒させていたが、ここは詳しく説明している場合ではない。彼女の護衛はカーリアに任せ、俺は急いで玄関のドアを開け放った。

「わわっ！」

そして家の前にいたのは――なんと小さな女の子だった。

「は…………？」

思わぬ来訪者に、俺も思わず目を見開く。

前述の通り、俺はついさっきまで〝異様な気配〟を感じていた。その気配というのは、できるだけ自身の発する気配を抑えつけ、それでいて周囲への警戒を忘れない……。いわば戦闘慣れした者の気配だったのだ。

だが目の前にいる人間はどうだ。

年齢はだいたい十五歳ほどで、俺よりも年下なのは明らか。

薄紫色のショートヘアに、くりっと丸い瞳、そして純朴そうな顔つき……。幼い少女という言葉がぴったりの来訪者が、目の前に立っているのだ。

「………」

だが、その出で立ちだけですべてを判断するのは早計だろう。

ラミアよりも小柄なその女の子だが、なんとも巨大なハルバードを背負っている。よく見れば身体もやや筋肉質で、日頃から鍛えていることが推察できた。

一瞬面食らったが……やはり、油断できない相手であることには変わりないだろう。

「わ、わー……！　びっくりしました。あなたがアルフ・レイフォートさんですか？」

口の前に片手をあげ、驚いたような仕草をする少女。

「……その前に、できればあんたから名乗ってほしいんだけどな」

「あ、そうでしたね。ごめんなさい」

少女はそう言って軽く頭を下げると、自身の胸に右手を当てて口を開いた。

「私はリュシア・エムリオット。《闇夜の黒獅子》に所属する傭兵です」

「よ、傭兵だって……!?」

どうりで幼い割に動きが洗練されているわけだ。

しかも《闇夜の黒獅子》といえば……！

「聞いたことがあるな。たしか、世界最強の傭兵団の一つ――だったか」

「はい。そのように呼ばれているのは知っています。ですが……」

そこで視線を落とすリュシア。

「どうか、お願いします。このままじゃ、私……！」

「え………」

おいおいおい。

いきなりどうしたんだよ。

急に泣き始めているんだが。

「アルフさんのお力を見込んで、どうかお願いします……！　ルズベルト帝国に行ったきり帰ってこなくなったパパたちを、助けてほしいんです……!!」

「おわっ……！」

急に俺の胸に飛び込んできたリュシアに、俺は終始目を白黒させるのだった。

4

ひとまず、俺はリュシアを家に招き入れることにした。

もちろん油断するわけにはいかないので、カーリアと共に警戒態勢を取ることには変わりないが……。

家の前で泣かれてしまったら、さすがに放っておくわけにはいかないからな。

さっき「ルズベルト帝国」と気になる言葉も発していたので、ここはいったん、落ち着いて話を聞いてみることにしたのである。

「す、すみません、いきなり抱きついてしまって……」

そのリュシアは、頬を赤に染めてソファに座り込んでいた。

一応出方を窺って（うかがって）はいるが、いきなり襲いかかってくる様子はないな。まだ安心はできないものの、ひとまず敵意はないと思って問題ないか。

カーリアも現在、しっかりとラミアを守るように警戒している。

ひとまず俺は、この傭兵団員なる少女の応対に集中すべきだろう。

「い、いや、俺は大丈夫だが……。いったいどうしたんだ？」

「ぐす…。ごめんなさい。いちから順番に話しますね」

よほど辛（つら）い気持ちを抱えているのだろう。

リュシアは片腕で自身の目元を拭うと、改めて一同を見回して言った。

「さっきも言った通り、私とパパは《闇夜の黒獅子》に所属しています。幼い頃から戦場が身近にあって……このハルバードは、何度も死の危険から救ってくれた相棒です」

「………………」

幼い少女とは思えぬ言葉の数々だが、ひとまず俺は傾聴に徹する。

「一月以上前のことで、私のパパがルズベルト帝国に行くと言い出しました。その理由は外部の方には言えませんが、精鋭の分隊を引き連れて帝国に向かったんです」

「ふむ…………」

ヴァルムンド王国との亀裂が深まっている今、最強の傭兵団たる《闇夜の黒獅子》がルズベルト帝国に向かったのか……。

まだ何の確証もない話ではあるが、きな臭い話ではあるな。

「でも、パパたちが一向に帰ってこないんです……！　帝国に向かってから、もう一カ月も経ってるのに……！」

「………………」

おそらくだが、リュシアは傭兵である前に、一人の娘なんだろうな。

彼女からは嘘をついているような悪意は感じられず、ただただ純粋に、俺を頼ってきたように感じられる。

当初気配を消していたのも、たぶん他意があるわけではないんだろう。彼女はあくまで傭兵だから、ごく当然の行為として気配を潜めていたんだと思う。

「なるほど……。たしかにそれは不可解ですね」

と。

今まで黙って話を聞いていたカーリアが、ふいに口を開いた。

「エムリオットといえば《闇夜の黒獅子》の団長と同名……。つまりリュシアさんの父というのは、傭兵団の団長なのではありませんか？」

「あ、はい、そうです。パパは《闇夜の黒獅子》の中で一番強くて……。どんなピンチに陥ったとしても、絶対に切り抜けてきて……。そんなパパが一カ月も帰ってこないなんて、どうしても信じられなくて……」

なるほど、そういうことか。

俺も噂に聞いたことがあるが、《闇夜の黒獅子》の団長といえばかなりの達人らしい。

冒険者のランクに置き換えれば——S以上。

A程度のランクでは決して勝てるはずのない領域に立っていると、俺も聞いたことがある。

そんな達人が、ルズベルト帝国に行ったきり帰ってこない……。

たしかにこれは不可解以外の何物でもないな。

「すまない。一つだけ聞かせてほしいんだが……」

リュシアの様子が落ち着いたのを見計らって、俺はそう切り出した。

「君の悩みはわかったけど、それでどうして俺を頼ってきたんだ？　この村には冒険者ギルドもあるし、依頼をかけるならあっちだと思うんだが……」

「あ、えっと、それは……」

リュシアは一瞬だけ迷ったように視線を彷徨（さまよ）わせると、やがて意を決したように俺を見つめて言った。

「パパが帝国に向かう時、こう言ってた気がするんです。――治癒神とやらの力に触れてくる、って…」

「ち、治癒神だって……!?」

思いもよらぬ言葉に、俺は無意識のうちにラミアと視線を合わせていた。


――世界を支配せし邪神たちが再び猛威をふるい、世界を混沌の闇に包むだろう――


たしか《エストリア大陸の詩》の中に、こんな感じの文章があったはずだ。

ここに書いてある邪神の一柱こそが、まさに前述の治癒神……。

どんな傷や病でさえもたちどころに癒やしてしまうという、まさに聖母のごとき神と聞いているが……。

「…………」

正直、これは予想外だったな。

もとより帝国の調査には乗り出していくつもりだったが、まさか事件のほうからやってくるとは……。俺としては話が早くて助かるけどな。

邪神が関わってくるとなれば、俺に依頼をかけてくるのも理に適っているだろう。かのフレイヤ神との戦闘では、その戦いが広範囲に中継されていたようだし。

「わかった。その依頼、受けさせてもらおう」

「ほ、ほんとですか……⁉　ありがとうございます……！」

俺の返答に、リュシアが嬉しそうに頬を綻ばせる。

「団のみんなにも相談したんですけど、パパに〝万が一のこと〟があるはずないって、みんな取り合ってくれなくて……。でもアルフさんが受けてくれるなら、こんなに心強いことはないです‼」

「…………」

まあ、現在は世界中が混沌に包まれている状態だ。

《闇夜の黒獅子》のように強い傭兵団ともなれば、その戦力を欲しがる国は多いだろう。

今はその依頼を最優先に受けて、潤沢な資金を確保していく……。

これ自体は何も間違った選択ではない。

団長をあえて捜索しないのも、放置しているわけではなく、信頼の証ともいえるだろうからな。

「私、今回は嫌な予感がするんです……。最強のパパでさえ手に負えないような、とんでもない事件が起きてるんじゃないかって……」

「そうか……」

治癒神に《エストリア大陸の詩》の予言まで絡んでいるのだ。

リュシアの直感が当たっていてほしくはないが、可能性としては十二分に考えられるだろう。

「となると、これからどうするか。まさか今の情勢でルズベルト帝国に乗り込むわけにはいかないし……」

「――そしたら、それは私のほうで手配するよ」

俺の呟きに反応したのは、第三王女ラミア・ディ・ヴァルムンド。

「国境門の通過と、ファグスティス皇帝への謁見。この二つを取り計らってもらえるよう、私のほうで文書を作っておくわ」

「おお……そっか。ありがとうラミア。お願いできると助かるよ」

たしかにラミアほどの地位があれば、それも可能になるか。

最初、ラミアが家に押しかけてきた時はどうなるかと思ったが、彼女がここにいてくれて助かった。

「えっ…………？」

と。

今のやり取りを聞いていたリュシアが、そのくりっとした瞳を大きく見開いた。

「ま、待ってください……。そんなことができるってことは、あなたってもしかして第三王女のラミア様……？」

「――リュシア殿、大変申し訳ございません」

そう答えたのは、ラミアの前に立ちふさがるカーリアだった。

「失礼ながら、あなたは《闇夜の黒獅子》の構成員。今はどこの国と契約を結んでいるのか不明ですが、万一がありますため、私が護衛させていただいております。不快だとは思いますが、何卒ご了承ください」

「あ……はい。それは大丈夫です。今の私は何かの契約で動いているわけじゃないので、それだけは安心してもらえると……」

「そうですか。それが聞けただけでも安心ですよ」

と言いつつも、カーリアはラミアの前から動こうとしない。

……まあ、仕方のないことだよな。

ラミアは戦闘員じゃないし、万全を期するという意味ではカーリアが正しい。

リュシアもこういった対応には慣れているのか、あまり気にしていない様子だった。さすがに団長の実力には及ばないだろうが、彼女もこの年齢にしてはだいぶ成熟しているようだな。

「うん、できた」

――数分後。

さっきまでテーブルに向かっていたラミアが、二枚の紙をカーリアに差し出した。

「国境門にいる門番への通行依頼書と、それからファグスティス皇帝への謁見要請書。これがあれば、たぶん不自由しないんじゃないかな」

「うん。助かるよ……！」

カーリア経由で書類を受け取った俺は、それを大事に懐(ふところ)にしまっておく。

なんだかんだ、彼女がいてくれるおかげで本当に助かるな。

「…………どうするの、アルフ。もう行くの？」

「うん。案件も案件だし、リュシアの父親のためにも早めに行こうかなって思ってるけど」

「……そっか。わかった」

カーリア越しに聞こえてくるラミアの声は、なぜか少し切なそうだった。

「そしたらしばらく会えなくなると思うけど……。どうか無事に帰ってきてね。絶対だからね？」

5

というわけで。

俺はリュシアと共に、ルズベルト帝国に面する国境門に足を運んでいた。

門の両脇には八名ほどの兵士がいて、周囲に厳しい目を向け続けているな。平時は二名態制だったはずだが、それが八名に増えているとは……。

やはり王国軍も、かのルズベルト帝国には警戒せざるを得ないんだろう。

門以外の場所からも同じく、兵士たちの気配が異様に多く感じられる。王国の安全を守るためだし、これもまあ当然の措置だよな。

「な、なんだか物々しい雰囲気なんですけど……。大丈夫なんですか？」

隣を歩くリュシアが、少し不安そうな表情で俺を見上げてきた。

「ああ。ここにいるのはヴァルムンド王国の兵士だし、しかもこっちにはラミアからの手紙もある。無碍(むげ)にはされないだろうさ」

心配なのはむしろ、門をくぐった先にいるルズベルト帝国の兵士だよな。

さすがにいきなり襲われたりはしないだろうが、この不安定な情勢だ。何をされるかわかったものではない。

「も、もし兵士たちが急に暴れだしても、私が後ろから喉を掻き切ります。なるべく騒ぎにならないよう殲滅（せんめつ）してみせますから、どうかご安心を!!」

「い、いや……そうはならないから大丈夫だ」

ここに来るまでの道すがら、俺は念のため彼女の年齢を聞いてみた。

答えは予想通り十五歳で、本来ならこんな物騒なことを言う年頃じゃないんだけどな。やはり傭兵としての生活が身体に染みついているのだろう。

もちろん、出自も生き方も人それぞれ。

これについて口出しするつもりは毛頭（もうとう）ないので、よっぽど危なっかしい行動に出ない限り、基本的には放任しようと考えている。

「それじゃあ、行くぞ。そんなに固くならなくても大丈夫だからな」

「は、はいっ……！」

彼女の返事を確認し、俺は国境門に歩を進めていく。

俺たちの気配に気づいていたのか、兵士たちはすぐに視線をこちらに向けてきた。有事の可能性がある手前、ここにいるのはみんな精鋭の兵士なのかもしれないな。

「……ふむ。貴殿はアルフ・レイフォート殿か」

そして最初にそう声をかけてきたのは、兵士たちのリーダーらしき中年の男性だった。片目に深い傷を負っているようで、眼帯をつけているな。

……というか、当然のように俺の名前が知られてるんだが。

「ええ、その通りです。……もしかして、フレイヤ神との戦いを見ておられたとか？」

「左様。若者ながらたいした腕前だった。貴殿は紛うことなき英雄よ」

中年の兵士はそう言ってにかっと笑みを浮かべる。

たぶん、普段から人のいい上司なんだろうな。

「こほん」

中年の兵士はそこで咳払いすると、表情を改めて言った。

「……そしてここに足を運んできたということは、隣国たるルズベルト帝国に出向くつもりということかな」

「ええ、そうです。今の世界情勢を打開するためのヒントが、おそらく帝国にありますので」

「ふむ……」

そう唸りつつ、兵士は自身の顎ひげを数秒間さすする。その視線が数秒だけリュシアに向けられていたのを、俺は見逃さなかった。

「世界を救った英雄殿の言葉だ。無用な詮索は自重するが……しかし、その女子は何者だ。無駄が一つもない動き――おそらく一般の者ではなかろう」

「あ、はい、そうです」

兵士の問いかけに対し、リュシアが純朴そのものの表情でそう答える。

「おっしゃる通り、私は《闇夜の黒獅子》に所属する傭兵で……分隊長を務めてます」

「ぬ………！」

さすがに予想外だったのだろう。

中年の兵士も含め、ここにいる兵士の誰もが、一気に険しい表情を浮かべだした。

「お、おいおいおい……」

俺もさすがに、これはため息を禁じえなかった。

たしかにここで嘘をつくことは得策ではないが、あまりにも素直すぎるな。

純粋なのはいいことではあるものの、今後これが裏目に出てしまったら困る。この辺はうまいこと見守っていくしかないか……。

「……なるほど、《闇夜の黒獅子》か。それならばその身のこなしも納得がいくが——ではなぜ、傭兵がアルフ殿と帝国に行くというのだ」

「さっきも言いましたように、今の世界情勢を打開するためです。もし信用しかねるというのなら、ラミア王女殿下からの通行許可証をお見せすることもできますが」

「何……？」

中年の兵士が目を見開いている間に、俺は懐から一枚の書面を取り出す。

言わずもがな、先ほどラミアから貰った手紙のうち一つだ。

「ふむ……、なるほど。簡単には言えぬ事情がおありということか」

その書面に目を通しながら、中年の兵士がそう呟いた。

「すみません。やましいことがあるわけじゃないですが、王女様も絡んでいる手前、言えないこともありますから……」

「いや、わかっておるよ。足止めしてすまなかったな」

そう言いながら、中年の兵士は通行許可証を俺に返してきた。

ここの門番だけじゃなくて、帝国側の門番にも見せたい物だからな。おそらくそのあたりの事情を汲んでくれたのだろう。

「では、アルフ殿一行の通行を許可する。……危険な情勢になりつつあるゆえ、くれぐれも気をつけるのだぞ」

「はい。ありがとうございます」

最後にそうお礼を述べて、俺はリュシアと共に、国境門をくぐり抜けていくのだった。


国境門は短い通路に繋がっていた。

たしかフェルドリア国王が宣戦布告をしていた時、この辺りまでルズベルト帝国の兵力が投入されたんだよな。

結果的にはユーシア第一王子が治めてくれたものの、一歩間違えば本当に戦争が始まっていた。

そのせいで現在、ルズベルト帝国の〝反ヴァルムンド感情〟も高まっている頃合いだろう。ここから先は気を引き締めていかないとな。

「あ、着きましたね……！」

歩くこと数分。

隣を進むリュシアが、通路の出口を指差した。

「ああ。ここからは油断するなよ」

そこに足を踏み入れた瞬間、ルズベルト帝国の領地を訪れたことになる。

ドクドクと胸が高鳴るのを意識しながら、俺はその出口へと進んでいった。

「む…………」

そして出入口の両脇に立っていた門番兵たちが、当然のごとく厳しい目を向けてくる。

「なんだ。まさか王国民か？」

「ええ。ラミア第三王女からの通行許可証も携帯しています。――こちらを」

そう言いながら、俺はラミアから貰った書面を兵士たちに提示した。

……予想していたことだが、やはり歓迎されていないっぽいな。さすがにいきなり襲いかかってくる気配はないが、それでも悪意や敵対心は明確に伝わってくる。

「なるほど。第三王女からの許可証であれば、我々もおいそれと拒(こば)めんな」

門番兵は小さく頷くと、ぎろりと俺を睨みつけて言った。

「――だが、くれぐれも馬鹿な真似(まね)はするなよ。ここは誇り高きルズベルト帝国の領地だ。いくら王家の許可証を所持していても、その王家の信頼が落ちていることを忘れるな」

「ええ、肝に銘じます」

喧嘩を売ったのはこっちの元国王だからな。

信頼が落ちていると言われて言い返せないのが少し歯がゆい。

だが国際社会的にも、ヴァルムンド王国は悪者のような立場になりつつある。これを忘れてはならないだろう。

「――へぇ、そこで通しちゃうんだ♪　あははは っ、さすがは軟弱国家。いくらなんでも及び腰すぎるんじゃないのぉ？」

「ん……？」

ふいに何者かの声が聞こえ、俺は眉をひそめた。

おかしい。

さっきまで怪しげな気配は感じなかったのに、これはいったいどういうことだ……？

「はぁ～い♡　こっちだよ、こっちこっち」

そう言って姿を現したのは、なんとも妖しげな風貌の男性だった。

年はだいたい二十代後半あたりだろうか。

翡翠色の短髪に、魅惑的に赤く光る瞳。タンクトップに白い上着を羽織り、その胸元を大きく開けている。

剣も鎧も身に着けていないし、どこからどう見たって兵士ではなさそうだな。

「おい貴様……！　どうしてこんな所に……！」

真っ先に反応したのは門番兵だった。

どうやら敵対関係にあるのか、突如現れた男性を睨みつけているな。

「どうしたも何もないよ。僕らの国がまだ軟弱な姿勢のままでいるようだからさぁ、さすがに放っておけなくなって……」

「な、なんだと……？」

「ああ、お仲間たちのことは気にしなくていいよ。そのまま殺しちゃってもよかったんだけど……とりあえず、今日はそこで眠ってもらってるからね♡」

そう言って男性が後ろ手に指差した先には、数名の兵士たちがいた。

なんらかの術にかけられているのか——その全員が地面に横たわっている。

「あ、あの、これはいったい……？」

さすがに状況が呑み込めず、俺は門番兵にそう問いかけた。

「……我が国も様々な問題を抱えているということだ。あいつはとあるテロ組織の幹部。本来ならここに立ち入らせるべき人間ではないが……」

なるほど。

ここまでのやり取りを経て、だいたいの事情は推察できた。

先の言動と情報から察するに、あの男はなんらかの過激派組織に属している。おそらくは自国や自国民を重視した組織——右翼政治団体あたりか。

彼らにとって、今の世界情勢はまったく面白くないだろう。

愛するルズベルト帝国が宣戦布告されたあげく、帝国は投入した戦力を引き下げているわけだからな。

過激な思想を持つ者たちにとって、この状況は、まったく許しがたき異常事態なのだと思われる。

だが、いったいどこで俺が入国しようとしているという情報を掴んだのだろう。

しかも相当の戦闘力も有しているようだから、警備している兵士たちを無力化するくらいは朝飯前だってことか。

「レシアータ・バフェム。おまえの言いたいことはわかるが、今は安易な行動をすべきではない。とっととそこを去れ」

「あっはっは♪　本当に軟弱だねぇ今の帝国は。そんなふうにヒヨッてるから、ああやってヴァルムンドに宣戦布告されちゃったんじゃないのぉ？」

門番兵が懸命に呼びかけるも、レシアータと呼ばれた男はまるで意に介さない。

「――だからさ、僕が代わりに開戦のきっかけを作りにきてあげたんだ♠　そこにいる彼がラミアからの差し金だっていうんなら、ちょうどいいんじゃない？」

「なんだと……？」

門番兵がそう言ったのも束の間、さっきまで地面に伏せていた兵士たちがゆっくりと起き上がった。しかし意識を取り戻したようではなく、目は虚ろで、両手はだらんと不気味に垂れている。

「ささ、みんなであそこの王国民を殺しちゃってよ♪　君たちが王女からの使者を殺せば、いい感じに開戦の口実になるんじゃない？」

「グググ……ガガガガ……！」

「リョウカイ、リョウカイ……」

――まさか。

俺が目を見開いたその瞬間、兵士たちがなんと戦闘の構えをとっているではないか。

合計で二十名ほど。

その全員が、俺に向けて明らかな敵対心を示している。

あのレシアータという男は、帝国でも厄介なテロ組織に所属していると言っていた。

そんな男と兵士たちが協力態勢を組むはずがないし——あの虚ろな様子を鑑みても、意識を操作されていると考えるほうが妥当か。

「くっ、愚かな……！　簡単に呑み込まれおってからに……!!」

唯一正常な意識を保っている門番兵が、苦々(にがにが)しい表情で剣を抜く。

「王国の人間よ。この場を開戦のきっかけとするわけにはいかん。手を貸すぞ」

「ええ、ありがとうございます」

俺も油断なく構えつつ、今度はリュシアに目を向けた。

「リュシア。思いがけず戦場に首を突っ込むことになったが——大丈夫そうか？」

「はい、慣れてますから！」

背負っていた巨大なハルバードを外し、軽々と持ち上げるリュシア。

「それで、今回はどうしましょうか。相手を殺したらまずいですよね？」

「そ、そうだな。気絶くらいに留めておいてくれ」

「ヤー!!」

威勢よく返事するやいなや、リュシアは猛スピードで兵士の群(む)れに突っ込んでいく。

「おい待て、あいつらは精鋭だ！　そう簡単に勝てる相手では……！」

門番兵が慌てた様子で引き留めるも、リュシアは立ち止まる様子もない。

そのまま敵陣に向けて疾走していき――。

「ガァッ！」

「ダァァァアアアァッ!!」

兵士たちが動き出したその瞬間には、リュシアは大きくサイドステップを敢行。

数秒遅れて兵士たちが剣を振り下ろすも、その場にはもうリュシアはいなかった。

「――遅いです!!」

跳び上がったリュシアは空中でハルバードの切っ先を兵士たちに向けると――なんと銃弾を撃ちだした。

「ガガガガガガガ…………！」

「グオオオオッ……！」

しかもその際、足部分だけを狙っているのはさすがというべきか。

俊敏にして華麗な動きでありながら、正確な狙いで敵を無力化させていく……。世界最強の傭兵団、その団長の娘というのも納得のいく話だ。

しかもハルバードと銃を両立している武器なんて、少なくとも俺は聞いたことがない。

《闇夜の黒獅子》だけに伝わっている専用の武器ということか。

「な……は っ……!?」

さすがに驚きを隠せないのか、味方をしてくれている門番兵も呆然と立ち尽くしていた。

――が。

「ググ……オノレ……」

「ワレラヲ、アマクミルナ……」

さすがに全員は仕留めきれなかったのか、あと五名ほどの兵士が残っているな。

リュシアは地面に着地するところ。

彼女ならうまいこと機転を利かせてくれるかもしれないが、このままだとリュシアにも大きな隙が生じてしまう。

ここは俺が出るべきだろう。

◎現在使えるチートアビリティ一覧
・神聖魔法　全使用可
・ヘイト操作
・煉獄剣(れんごく)の使用可
・無限剣の使用可
・管理画面《ステータス》の表示

スキル《∞チートアビリティ》を起動すると、見慣れた文字列が視界に浮かび上がる。

今回使う能力は——これ一択だろう。

「能力発動！　《無限剣》の使用！」

そう唱えた瞬間、白銀色の煌めきが俺の全身を包み込んだ。

通常ではありえないほどの力が身体の底から湧き上がってきて、これこそが《∞の神》の力であると自覚する。

かつてフレイヤ神とも渡り合った能力だ、眼前の兵士たちにも問題なく勝てるだろう。

「な……なななな……！」

門番兵は相変わらず驚きっぱなしだが、今はこの能力について説明している場合ではない。

「おおおおおおおっ！」

俺は残りの兵士たちへと勢いよく疾駆（しっく）すると、次の瞬間には一人の兵士の懐に潜り込んでいた。

「ナッ……！」

「馬鹿ナッ……！」

「は、速いっ……！」

最後の声はリュシアだな。ちょうど彼女が着地したタイミングで懐に飛び込むことができたらしい。

「寝てろ……!!」

俺が一太刀（ひとたち）振るっただけで、

「グオッ……!!」

「ヌァァァァァァァアア……!!」

残りの兵士たちは全員が例外なく地面に伏せていった。

6

「ふうん、なるほどね……。とりあえず、実力は本物ってことか」

戦闘が終わった直後、レシアータは頭の後ろで両手を組んでそう言った。

一応、これで奴の目論見は防いだ形になるんだけどな。

それでもまったく動じていないあたり、この程度はどうってことないのだろう。

「お、おのれ……！」

門番兵が苛立った様子で剣の切っ先をレシアータに向ける。

「高見の見物をしてないで、貴様もかかってこい！　我が剣で八つ裂きにしてくれるわ！」

「いや、無駄ですよ兵士さん」

「なんだって……？」

俺の言葉に対し、門番兵が眉をひきつかせる。

「あいつからは気配を感じません。不思議な妖術を使う奴ですし……おそらく、実体はそこにはないのでしょう」

「あはははははっ♪　そこまで見抜くとはねぇ！　伊達にフレイヤ神を倒したわけじゃないようだね、アルフくん♪」

……なるほど、やはり俺の名前は知られているか。

まあフレイヤ神との戦闘を経て、俺のことは広い地域で知られることになったからな。これも当然のことだろう。

「そしてさらに……そこにいる女は傭兵さんだよねぇ。ひょっとして、大好きなパパでも追ってきたのかなぁ？」

「…………っ！」

瞬時、リュシアの目がいっぱいに見開かれた。

「ど、どういうことですか⁉　あなた、私たちのこと知ってるんですか⁉」

「あっはは、さあどうだろうねぇ。僕は女には厳しいんだ♡」

レシアータはそう言って意味深な笑みを浮かべると、最後に俺たちを見渡した。

「まあ、今日のは軽いご挨拶さ。腑抜けた帝国軍と、そして愛するルズベルト帝国に侵入してきた不届き者たちへ向けてね」

「ぐぬ……」

門番兵が悔しそうに歯がみする。

「特にアルフ君はかのフレイヤ神を討ち倒したようだけど……それしきで自惚れないようにするんだよ？　邪神はフレイヤ神だけじゃないんだ」

「……おいおい、その様子だといろいろと事情を知ってそうじゃないか？」

「さぁてどうかなぁ？　僕はミステリアスな男を目指してるんだ♪」

レシアータはまたも面妖な表情を浮かべると、最後にくるりと振り向き、片手をひらひらと振ってきた。

「それじゃあね、みんな。次会った時は殺しちゃうかもしれないから、せいぜい覚悟しておくんだよ？♡」

7

「はああああっ……！」

レシアータの姿が消えたのを見て、リュシアが力が抜けたように地面に座り込んだ。

「なんですかあの人……！　戦場でもなかなか見ないですよ、あんな不気味な人は」

「ああ。かなり得体の知れない人物だったようだな……」

だがこれで確信することができた。

現在ルズベルト帝国も苦難を抱えていて、なおかつなんらかの形で邪神が関わっていること。そしてリュシアの父は、やはりなんらかのトラブルに巻き込まれている可能性が高いこと。

本音を言うと、ルズベルト帝国に足を踏み入れるのはかなり緊張したが――この選択自体は間違っていなかったようだな。

「おまえたち、まさかこのまま入国するつもりなのか……？」

そんな思索に耽（ふけ）っていると、剣を鞘（さや）に納めた門番兵が背後から声をかけてきた。

「今のでわかっただろう。今のルズベルト帝国は不安定だ。王国民と知られた時点で危険な目に遭う可能性も高い。それでもなお、我が国に入るというのか」

「ええ……。もとよりこの状況を打開するのが目的ですから」

「わ、私もです！　せっかくパパの手がかりが見つかったのに、このまま帰るわけにはいきません

「……！」

「………そうか」

俺とリュシアの返答に対し、門番兵は黙って頷いた。

「……その、すまなかったな。フレイヤ神を用いた蛮行を働いたのはあくまでフェルドリア国王であって、多くの国民はおそらく関知していなかっただろう。しかもアルフ・レイフォートといえば、そのフレイヤ神から我らを守ってくれた者だというのに……」

「はは、いいんですよ。あんな恐ろしい映像を見せつけられたら、誰だって怖くなりますから」

当時、フレイヤ神は一瞬にして小国を滅ぼしてみせた。

その時の映像は世界中に広がっていたようだし、今度はその攻撃をルズベルト帝国に向けると言われたんだからな。

そんなものを見せられたら、誰だって王国が恐ろしく思えるもんだ。

「……すまんな。国民たちの動きまでは制限できぬが、せめて帝国軍だけは徒にお前たちを誹ることがないよう、通達しておこう」

「ありがとうございます。そうしていただけるだけでも助かります」

そう言って深々と頭を下げる俺。

兵士だけでも態度が軟化してくれれば、こちらとしても非常に動きやすくなるからな。

さて……まず向かうは皇城か。

ラミアから皇帝への〝謁見要請書〟を貰っていたので、まずはリュシアの父について知っていることがないか、訊ねてみるとしよう。

「さて……行くぞリュシア」

「は、はいっ！」

かくして、俺とリュシアはルズベルト帝国での冒険を開始することになった。

そんな俺たちの背中に、門番兵も敬礼してくれていた。

第二章　父の手がかり

1

「ここが、帝都ルズベルト……」

国境門を出発してから数時間後。

門番兵が手配してくれた乗合馬車に乗り、俺たちは無事、帝都に辿り着くことができた。

さすがに国境門からはかなりの距離があったようで、もう夜になってしまっているけどな。

今日は適当な宿に泊まって、明日あたり、皇帝への謁見を申し込むとしよう。

「すごい、めちゃくちゃ大都会ですね……！」

リュシアは帝都の賑わいっぷりに目を輝かせていた。

あちこちに並んでいる商店や屋台、そしてどこか垢ぬけている住民たち……。また各所には適度に植物も植えられていて、瀟洒という言葉がぴったりな街並みだった。

住民たちが若干浮かない顔をしているのは、さすがに致し方ないといったところか。

「ははは……頼むからあんまり目立たないでくれよ。できれば俺の正体を勘付かれたくない」

「あ、はい、そうですね……。大人しくします」

ヴァルムンド王国とルズベルト帝国。

これらの国民には外見上の差はないので、とりあえず見た目だけで「ヴァルムンド王国の人間」だと気づかれることはない。

だがまあ、先のフレイヤ神との戦いで、俺の顔は帝国にも知られることになったからな。

今は念のため帽子を被って変装しているが、なるべく目立つのは避けたいところだった。

「………………」

大人しくするとは言っていたものの、リュシアはやっぱり興味深そうに周囲を見渡しているな。

規模感は王都ヴァルムンドとさして変わらないんだが、彼女はあまり都会に来たことがないのかもしれない。

「あ、ごめんなさい。もしかして、まだちょっと目立ってます？」

「いや、それくらいなら大丈夫さ。せっかく来たんだし、羽休めに観光するのも悪くないだろう」

「観光……！　いいですね、初めて都会来たので楽しみです……！」

なるほど、やはりそうだったか。

傭兵事情はあまり詳しくないんだが、普段は自然の中で過ごしているのかもしれないな。

「安いよ安いよ！　今ならチョコバナナがいつもの半額、銅貨一枚っ！　国際情勢なんてぶっ飛ばしていこうや！」

「高級ステーキ売ってるよぉ！　みんなで美味いもん食って、元気出していこうや！」

それからいくつかの商店を巡るうち、俺は気づいたことがあった。

この不安定な情勢の中でも、懸命に明るく生き抜こうとしている人々の姿だ。

フレイヤ神によって、自分たちは攻め滅ぼされるかもしれない――その恐怖感は、それこそ筆舌に尽くしがたかったはず。現にあの門番兵だって、王国民というだけで俺たちに厳しく接してきたからな。


けれど、帝国人たちはその恐怖から立ち直ろうとしている。

たとえ隣人が浮かない顔をしていたとしても、みんなで元気づけようと支え合っている。

そんな光景が見て取れた。

「やっぱり、勘違いしちゃいけないよな……」

「へ？　どうしたんですか？」

「ああごめん、こっちの話だ」

ヴァルムンド王国に住んでいると、どうしても敵国たるルズベルト帝国をうがって見てしまう。

この国は古くから敵対してきた国であり、今後の世界情勢によっては、全面対立もありえると……。


けれど、ルズベルト帝国の人々は今を懸命に生きている。

フレイヤ神に植え付けられた恐怖から、なんとか立ち直ろうとしている。

そんな彼らと衝突する理由は、どこにもないのだと。

これがわかっただけでも、ルズベルト帝国に来た甲斐があった。

「あ、あそこにもおいしそうなご飯ありますよ！　行きましょう！」

「はは……本当に元気だな」

その後もリュシアに腕を引っ張られ、俺たちは屋台で食べ物をいくつか購入。

十分に買い物を終えたところで、近くにあった宿を取ることにした。

ちなみにこれらの資金はラミアから貰っている。最初は遠慮しようかとも思ったが、今回は素直に援助してもらったほうが、そのぶん早く問題解決に乗り出せるだろうからな。

申し訳ないと思いつつ、素直にラミアからの援助を受けることにした。

「うわぁ、ふかふかなベッド……！」

そして部屋に到着するなり、リュシアは思いっきりベッドにダイブした。

今日はいろいろあったので、さすがの彼女も疲れたんだろうな。

「しかし、本当に一緒の部屋になるとは……」

「？　別にいいじゃないですか」

「いや、リュシアが気にしないなら別にいいんだが……」

後頭部を掻く俺に対し、リュシアがよくわからないといった顔で首を傾げる。

今日は空室が一部屋しかなかったということで、やむなく同じ部屋に泊まることになったんだよな。十五歳といえば多感な時期なので、嫌がると思ったんだが……。


――じゃあしょうがないですね！　同じ部屋に泊まりましょう！――

と言われ、そのままなし崩し的に同室になった形である。

「ふむふむ……窓がこの位置なら、敵から狙撃される心配はありませんね……」

「奇襲をかけられた時の退避ルート、念のため確認しておきますね！」

あまつさえこんなことを言っているわけだから、本当に気にしていないのかもしれないな。

傭兵としての生活が染みついていて、色恋沙汰（いろこいざた）にはまったく興味がないんだろう。

というわけで。

俺たちは商店で買ってきた食料をすべて平らげると、改めて今後の方針について話し合うことにした。邪神や国際情勢も当然気になるところではあるが、あくまで今回の発端は彼女の依頼だからな。

今後とも一緒に戦う仲間になるので、彼女のことをもっと知っておきたかった。

「…………？　急に静かになっちゃって、どうしたんですか？」

いつの間に難しい顔をしていたのかもしれないな。

思考を巡らせている俺に対して、リュシアが不思議そうな表情で訊ねてきた。

「いや、なんでもないんだ。ちょっとさっきのことを思い出しててね」

「さっき……？」

「ああ。テロ組織の幹部――たしかレシアータ・バフェムだったか。あいつはリュシアの父についても何か知ってそうだった。まだ詳しいことはわかっていないが、今後調査を続けていくうえで、今日みたいに危険な目に遭う可能性もあるだろう」

「あ…………」

「だから思ったんだよ。このままリュシアについてきてもらっても大丈夫なのか、って」

「も、もちろんです！」

俺の問いかけに対し、リュシアは決然とそう言い放った。

「頼りないかもしれませんけど、私だってそれなりに戦闘経験を積んできました！　だからどうか、私もご一緒させてください！」

「リュシア……」

なんとも強靭な熱意だ。

だからこそ気にかかる。

彼女はどうして、団を一時的に抜けてでも父親を捜しだそうとするのか。

もちろん〝父親だから〟だとは思うが、俺にはどうしても、それ以外の理由がある気がしてならなかった。

沈黙する俺に対し、リュシアはその思考を悟ったのだろう。

「……実は私、パパの実の娘ではないんです」

と、自身の話を語り始めた。

「《闇夜の黒獅子》に所属する前は、私はある施設に収容されていて。その時まだ五歳くらいだったんですけど、その施設には私みたいに小さい子がいっぱいいて、毎日のように大人たちから暴力を受け続けてて……」

「何………？」

俺が目を見開いている間に、リュシアがおもむろにソファから立ち上がった。

「お、おい、何を……」

そして俺が止める間もなく、自身の服を脱ぎ始める。

「見てください。これが私の受けた傷です」

「………っ」

それは――あまりに痛々しい有様だった。

彼女が脱いだのは上半身のみだったが、そこだけでも相当の傷が見られる。しかも各所に火傷のような痕もあって、壮絶な経験をしてきたのが嫌でも伝わってきた。

「あはは……。さすがに見せられませんけど、下着の内側も傷がすごいんですよ。施設の大人たちはとにかく容赦がなくて……私が謝っても泣きじゃくっても、それを喜びに感じているようでした」

「ごめん……。まさかそれほどの過去を背負ってるとは……」

さすがにこれは予想だにしなかった。

彼女の人となりを知りたい気持ちはあったものの……それ以上に大切にすべきものがあった。

俺もまだまだ未熟だな。

今後とも精進していかねばならないだろう。

「いえいえ、いいんですよ。いつかはお話しする時がきたでしょうから」

リュシアはそう言って苦笑すると、上半身の服を羽織った。

「――そんなある日、私を救ってくれたのが、パパを始めとする《闇夜の黒獅子》の団員でした。本当は偉い人に頼まれて施設を襲撃しただけみたいなんですけど、パパたちは……私たちのような子どもも守ってくれたんです」

「なるほど……そうだったのか……」

最強の傭兵団たる《闇夜の黒獅子》。

活動内容や名前だけを聞くと恐ろしい集団に思えるが、その実、人としての器の大きい団員が多いと聞いたことがある。

たとえ一度は刃を交わした相手であろうとも、戦場を離れればまた別。街中でばったり出会った日には、その敵をも巻き込んで、夜通し酒を飲みかわす……。

たとえ自身の片目を奪った相手であろうとも、「戦場で起きたことの恨み合いはなし」だと言って豪快に笑い飛ばす……。

一般人の俺にはあまり想像がつかないが、そうした世界に住んでるんだよな。

だからそんな《闇世の黒獅子》がリュシアを含めた子どもたちを助けたといっても、なんら不思議な話ではないと思う。

「あの時、施設の大人たちから守ってくれたパパの腕は……とても温かかった。『大丈夫か？』って優しく話しかけられた瞬間、意味もわからず泣き出しちゃったくらいで」

「…………」

「それがきっかけで《闇夜の黒獅子》に入って……。家族がいない私を心配して、パパが私のことを娘だと言ってくれて……。だから大きくなったら、パパのように強くなりたいって思ったんです。私みたいに苦しんでる人を、パパみたいに助けられるようにって……」

——だが、その団長は忽然と姿を消してしまったわけだ。

身寄りのないリュシアにとって、団長は唯一の家族であり、大切な心の拠り所であるはず。そんな彼が一カ月も戻ってこないとなれば、たしかに不安にもなるか……。

「だから……アルフさん。私はもう、覚悟はできています」

と。

凜乎としたリュシアの瞳が、ふいに俺を捉えた。

「もしパパが危険な目に遭っているのなら、今度は私が助けたい。まだまだ未熟な私ですが、それでも、パパのためにできることがあるのならって……」

「ああ、もちろんだよ。リュシア」

俺はそんな彼女の言葉を受け止める。

「まだまだ俺も未熟者で、至らないところもたくさんあるけど……。でも、リュシアの力があれば一緒に乗り越えていけると思う。改めて、これからよろしく頼むよ」

「は、はいっ！　こちらこそよろしくお願いします！」

威勢のいい返事と共に、リュシアは深々と頭を下げる。

ここまで首を突っ込んだからには、なんとしてでも団長の居場所を突き止める必要があるだろう。

そしてもちろん、邪神にまつわる情報収集も忘れてはならない。

明日から忙しくなりそうだが、一つ一つ、目の前の課題に取り組んでいくとするか——。

俺は一人、そう決意するのだった。

2

翌朝。

ベッドの上で目覚めた俺は、リュシアにぎゅっと抱き締められていることに気づいた。

「は……………？」

思わずそうぼやいてしまう俺。

いやいや。

おかしいぞ。

たしかに彼女とは同じ部屋に泊まることになったが、ベッドはきちんと二人分あったはずだ。

そして昨日は間違いなく、俺たちは別々のベッドで眠りについたはずだ。

にもかかわらず、どうして今、俺はリュシアに抱きつかれているんだ……!?

「パパ……パパ……」

「ぐっ……。俺を団長と勘違いしてるってことか……！」

昨日の話を聞いた手前、リュシアが《闇夜の黒獅子》の団長に甘えたくなる気持ちはわかる。

けれど――俺はあくまでアルフ・レイフォート。

気持ちよく眠っている彼女を起こすのは忍びないが、だからといって彼女に抱きつかれたままでいるのはあまり褒められたものではない。

ここはそっと起こすしかないか……。

「パパ……どうして、どうして帰ってこないの……？」

「………っ」

しかしリュシアの切なげな声を聞いて、俺は押し黙ってしまった。

「ねえ、早く帰ってきてよ……」

「団のみんなも、本当はパパを心配してるんだよ……？」

そう呟くなり、さらにぎゅううっと俺を抱き締めてくる。

ただ甘えているんじゃない。

彼女は泣いていた。

起きている時は気丈に振る舞っていた彼女だが、夢の中では赤子のように泣きじゃくっていた。

「……………はぁ、さすがに仕方ないか……」

さすがにこの状態で起こすのは、あまりにも野暮というもの。

俺は彼女を起こさないよう、再び眠りにつくのだった。

それからさらに数時間後。

「…………ん」

不思議な寝相をしているようで、俺が再び眠りについている間に、リュシアは元のベッドに戻ったようだった。

俺とほぼ同時に目覚めたリュシアは、

「あ、おはようございますアルフさん！　同じタイミングで起きましたね！」

と、はにかむような笑顔を浮かべてみせた。

「あ、ああ……。おはよう」

「あれ？　どうかされたんですか？　アルフさん」

「いやいや、なんでもない。リュシアはよく眠れたか？」

「はい、それはもうぐっすり！　夢の中でパパに抱き締められて……『俺は大丈夫だから』って言ってました！」

「はは……それなら何よりだ」

一時はどうなるかと思ったが、起こさなかったのは彼女のためになったようだな。

さすがにあの体勢で二度寝するのはつらかったが、頑張った甲斐があるというものである。

「あ、そういえばアルフさん。一つ思ったんですけど」

「ん？　なんだ」

「もしアルフさんの正体を隠したいなら、人の前で『アルフさん』って呼んだらまずいですよね。なんて呼んだらいいですか？」

「おっと……たしかにそうだな」

まずい。

何も考えてなかったぞ。

「ん～、そうだな。リュシアはどんな名前だと呼びやすい？」

「えっ、そうですね。う～ん」

だからとりあえずリュシアに投げ返してみたんだが、思いがけず真剣に考えてくれた。

「そうですね。アールさんってのはどうでしょうか」

「なるほど。アールさん……」

まあ、どうせ偽名なんだし、特別に凝るようなセンスなんていらないしな。

アールなら元の名前と近いわけだし、そのぶん俺自身も《自分のことを呼ばれている》と認識しやすいだろう。

「うん、いいと思う。今後、外では俺のことをアールさんって呼んでくれないか？」

「えへへ、わかりました。採用されて良かったです……！」

そう言って純粋な笑みを浮かべるリュシアだった。


というわけで。

部屋の中で簡単な朝食を済ませた俺たちは、そのまま皇城へと向かうことにした。

やはりヴァルムンド王国からの宣戦布告は相当の影響力になっているようで、物々しい装備を身に着けた軍人たちが、帝都のいたる所に見受けられるな。

いくら住民たちが明るい雰囲気を出そうとしていても、あくまでそれは、それ。

帝国軍もまた、自分たちの故郷を守るために必死なのだと思う。

「うわぁぁあああ、大きい……！」

そして歩くこと数十分、俺たちはついに皇城の手前に到着した。

リュシアの感想通り、かなり巨大な建物が目の前で威容を誇っている。

赤と黒を基調にしたデザインで、左右に視線を向けても皇城の端が見当たらない。

聞いた話だとかなりの数の部屋が皇城内に存在するようで、その影響で横に大きい構造になっているのだとか。

そして当然というべきか、この近辺の警戒が特に厳しい。

表通りと比べて軍人の数が桁違いに多いし、何より練度の高そうな連中ばかりが警備にあたっているっぽいな。今回はラミアからの手紙があるからいいが、手ぶらで来たらまず間違いなく帰らされそうだ。

「あの、すみません」

とりあえず、俺は皇城の門番をしている兵士に声をかける。

「皇帝陛下に謁見しにきたんですが、通していただけますか？」

「なんだと……？　この時勢にか」

兵士の厳しい視線が俺に突き刺さる。

「名を名乗れ。今の治安で怪しき者を皇城に通すわけにはいかん」

「…………」

そこで押し黙る俺。

偽名を使ってもいいかと一瞬思ったが、おそらくそれは悪手でしかないだろう。ラミアの用意した〝謁見要請書〟には俺の名前が書いてあるので、偽名を使えばほぼ確実にトラブルになるからだ。

「アルフ・レイフォートです。ヴァルムンド王国から来ました」

「は……？」

さすがに予想外だったのだろう。

門番は眉をひくつかせると、改めて俺の全身を見回した。

「なるほど。たしかに〝映像〟で見た青年の姿か……」

「はい。本日はファグスティス皇帝陛下に謁見させていただきたく参りました」

「ふむ……」

門番は仲間同士で視線を合わせると、数秒後に俺を見つめて言った。

「貴殿がいなくば、我が国は文字通り火の海と化していたかもしれん。その点は礼を言わせていただきたい。心より感謝している」

深々と頭を下げる門番兵たち。

正直なところ、もう少しつっけんどんな対応をされると思っていたんだけどな。国境にいた門番兵がうまいこと気を利かせてくれたということか。

「国境門からの連絡で、ヴァルムンドの王家からの〝謁見要請書〟があると聞いているが」

「ええ。お見せします」

俺は懐から一枚の紙を取り出し、それを門番兵に提示する。

「………」

門番兵はそれを数秒確認したあと、深く頷いて紙を返してくれた。

「入ってよし。この時勢で外国の者を入れることは特例中の特例だ。どうか身を慎んでくれよ」

「はい、ありがとうございます」

前は広範囲に俺の顔が知られるなんて、ただ厄介なことになるだけだと思っていたけどな。

いざこうしてルズベルト帝国に訪れてみると、案外そうでもなかったようだ。この門番兵の様子だと、おそらくヴァルムンド王国の人間というだけでは否応なく帰らされていただろうから。

「行くぞリュシア。粗相のないようにしてくれよ」

「は、はいっ……！」

ガチガチに緊張しているリュシアを引き連れて、俺はそのまま皇城の中へと足を踏み入れる。

透明感ある大理石の上に敷かれた赤絨毯に、天井から吊るされている豪勢なシャンデリア。壁面には何やら魔法陣のようなものが浮かび上がっていて、それが神秘的な金色に輝いている。

俺も剣帝候補として、ヴァルムンドの王城には何度か足を運んだことがあるが……。

ルズベルト帝国の皇城もまた、それとは引けを取らないくらいに豪勢な造りをしているな。

「アルフ殿ですね。どうぞこちらへ」

内装を見回していると、またしても兵士と思われる人間が俺に声をかけてくれた。

いくら俺がフレイヤ神を倒した者といえど、さすがに皇城内で自由にはさせてくれないようだ。

まあ……皇族が住む城なのだから当然だろう。俺としても、こんな広大な皇城だと迷子になってしまいそうだし。

「こちらです」

少し歩いたところで、俺たちは巨大な二枚扉の前まで案内された。

他の扉よりも明らかに装飾が豪勢なので、否が応でも、ここが謁見の間なのだと伝わってくる。

「……言うまでもないと思いますが、不安定な国際情勢です。くれぐれも粗相のないようにしてくださいませ」

案内役の兵士はそう忠告すると、数度ノックしたのち、その二枚扉を開け放つ。

「わぁ……」

そしてその先に広がっている光景を見た時、リュシアが感嘆の声をあげた。

皇城の入り口も豪勢な内装が施されていたが、やはり謁見の間となるとその比ではない。

床は金箔（きんぱく）で装飾が施（ほどこ）された大理石で、その上に紅の絨毯が敷かれている。そしてその絨毯の先には――第五十四代皇帝ファグスティス・ギィア・ルズベルトの玉座。

ヴァルムンド王国との不仲を取っ払い、新しい関係を築こうとする勢力……穏健派。

それと反対に、徹底的に王国との関係を排除しようとする勢力……強硬派。

当時は拮抗していた当時の強硬派にテコ入れし、今ではほとんど強硬派一強の状態を作り上げた、圧倒的手腕を誇る傑物だと聞いている。

そして翻（ひるがえ）せばそれは、現皇帝が王国をそれだけ敵視しているとも言える。

「……大丈夫だリュシア、普通に話せばさして問題はない」

「は、はいっ……！」

リュシアが頷いたのを確認し、俺は絨毯の上を少しずつ進んでいく。

そして一定の距離まで進んだあと、リュシアと共にその場にひざまずいた。

「突然の謁見を失礼いたします。私は――」

「まどろっこしい挨拶は不要。ヴァルムンド出身のアルフ・レイフォートに、《闇夜の黒獅子》所属のリュシア・エムリオットだな。話は聞いている」

……なるほど。

俺たちがここに来ることは、すでに把握済みだったか。

「言っておくが、余計な気は持たぬことだな。おまえたちが不審な動きを見せた瞬間、すぐさま狙撃されるものと考えるがよい」

「…………」

あまりにも唐突な牽制だったが、しかし皇帝の言っていることはハッタリでもなさそうだ。

周囲を探ってみると、室内のあちこちから不穏な気配をいくつも感じる。弓か魔導銃、もしくは魔術師――どちらにせよ、遠隔で攻撃する手段を持つ者たちだろう。

まあ、さすがに仕方ないか。

もちろん良い気はしないが、相手は皇帝なのだ。万全な警備を敷くに越したことはないだろう。

「恐縮です。もちろん私もリュシアも、誓って謀(はかりごと)をしているわけではありません。信頼するのは難しいかもしれませんが、それだけはせめてお伝えさせてください」

「ふ、どうだかの」

そう言ってため息を吐き、皇帝は玉座の肘当てで頬杖をつく。

「貴殿はたしかに我が国を救ってくれたが、だとしても、貴国は取り返しのつかないことをしてしまった。我が栄誉あるルズベルトに対し、愚かにも宣戦布告をしてみせたのだからな」

「…………」

「ふ、まあ貴殿は一介の冒険者。錯乱した王の詳細など知るよしもないか」

ファグスティス皇帝はふっと鼻で笑ってみせると、数段上の玉座から俺たちを見下ろして言った。

「それで、いったいどんな用かな。長い時間は確保できないゆえ、単刀直入に申せ」

「承知いたしました。用件は、ここにいるリュシア・エムリオットの身内の話です」

「……ほう」

「つい一カ月ほど前、《闇夜の黒獅子》の団長が姿を消したそうでして……。その際、帝国にて《治癒神》と会いに行くという旨の発言をしていたそうです」

「…………」

「先の事件では、フレイヤ神の力によって各国に大きな被害が及びました。そのフレイヤ神と同格の力を持つ《治癒神》と、それに世界最強の傭兵団が関わっているとなれば……またきな臭い事件が起きないとも限りません」

「………ふむ」

「ですからお聞きしに来たのです。《闇夜の黒獅子》の団長、および治癒神についてご存じのことはないかと……」

「なるほど。話はわかった」

皇帝はふうとため息を吐くと、唐突に、ぎろりと俺を睨みつけた。

「であれば、貴殿らに話すことは何もない。とっととここを去れ」

「………え」

「聞こえなかったのか。ここを去れと言っているのだ」

その瞬間、周囲に潜んでいる刺客たちの殺気が増した。

あと一言でも余計なことを言えば、その途端にでも狙撃されそうな殺気だ。

俺やリュシアの力であれば、あるいは刺客たちを退けられるかもしれない。

だがここで事を荒立てたところで、なんの意味もなさない。

ここは大人しく撤退するしかないか……。

「………」

「承知いたしました。貴重なお時間をありがとうございました」

「あ、ありがとうございました……！」

俺の言葉に合わせて、リュシアがぺこりと頭を下げた。

彼女もきっと聞きたいことがたくさんあるだろうが、さすがにここは自重すべきだと踏んだのだろう。これ以上は何も言わず、俺と共に、大人しく謁見の間を退室していった。

3

「はぁぁぁぁぁぁぁああ……！　緊張したぁぁああああ………！」

皇城を出て数分後。

一気に力が抜けたらしく、リュシアが大きく息を吐いた。

「圧が半端なかったです……。パパとは別の意味で手強そうっていうか……」

「まあ実際、思想通りに帝国を導いているわけだしな。油断ならない相手なのはたしかだと思う」

「はぁああ……」

リュシアはもう一度ため息を吐くと、改めて皇城に視線を向けた。

「しかもファグスティィス皇帝、何も教えてくれなかったですからね……。さすがにもうちょっと収穫が欲しかったです」

「……いや、それほどでもないと思うぞ？」

「え……？」

俺がかぶりを振ると、リュシアが目をまんまるにした。

「どういうことですか？　アル……アールさんは、何か気づいたことがあるんですか？」

「まあ、そこまで確証めいたものじゃないけどな」

そう言いながら、俺は周囲に視線を巡らせる。

当然のことながら、兵士はいまだに俺たちに油断ない目線を向けてきているな。通行人の目もあるし、ここでは思いきった話はできないだろう。

「――いったん宿に戻ろう。積もる話はそこで」

そこから数十分かけて、俺たちは宿に帰ってきた。

なぜだか都民たちの多くが浮き足立っていたが、いったんそれには首を突っ込まないでおく。

余計なことをするとまた目をつけられるし、何よりここには大勢の兵士がいるからな。仮に万一のことがあったとて、彼らがどうにかしてくれるだろう。

ということで、俺たちはひとまず状況の整理を行うことにした。

「――それで、さっきのはいったいどういうことですか？」

ベッドの端に腰かけたリュシアが、開口一番にそう問いかけてきた。

やっぱり大事な父親に関する話だからな。気になって仕方ないんだろう。

俺はソファに腰を下ろすと、帰路で買っておいたアイスティーを飲みながら言った。

「さっきも言ったように、何も確証があるわけじゃない。あくまで推測でしかないんだが……さっきの皇帝の様子は、いくらなんでも変だと思わないか？」

「変……？」

「ああ。たしかにつっけんどんな態度ではあったが、一応、こっちの質問に答えてくれる姿勢は見せてくれていた。――実際に質問をぶつけてみるまでは」

「た、たしかに……」

ファグスティス皇帝は、まず間違いなくヴァルムンド王国を敵視している。

だが――そうは言いつつも両国の国力はほぼ拮抗しているからな。十分な準備もなく王国を挑発することはできないし、ここは冷静に立ち回っていくべき局面だ。

皇帝が俺たちに〝聞く姿勢〟を見せたのは、おそらくそれが理由だろう。

国外を無用に刺激しないよう、とりあえず話だけは聞きつつ――自国民へのアピールの意味を込めて、ヴァルムンド出身たる者には高圧的な態度で接する。

まさに政治的思惑が絡みまくった上での謁見だったと言えるだろう。

だからとりあえず、最低限いくつかの質問には答えてもらえると思っていたんだが……。

実際に質問をぶつけてみると、皇帝はそれまでの態度を豹変させた。

それどころか、あまりにも明確な悪意をこちらに見せてきたのである。

「なるほど……。それはたしかに変ですね……」

そうした考えをリュシアに述べると、彼女は考え込むように唸った。

「実際どうなんだ？　団長は外出前、誰かに呼ばれたとか言ってなかったか？」

「いえ、残念ながらそこまでは……」

口惜しそうに首を横に振るリュシア。

「けれど、パパのことです。素性の怪しい人の依頼なら受けないと思いますし、自分から出向くこともないと思います」

「ふむ……そうか……」

まだ断定はできないが、ファグスティス皇帝も何か知っていると考えていいだろう。

彼は国際情勢への影響を無視してまで、俺たちを真っ向から突き放した。それは当然、そうしたほうが皇帝にとってメリットがあるからだろう。

「う～ん……」

とはいえ、現時点でわかるのはここまで。

これ以上の答えを導き出すには、もうちょっとピースがないと難しいだろう。

「…………」

そんなふうに考え込んでいるうち、リュシアがしょんぼりと俯いていることに気づいた。

「なんだ？　どうした？」

「……いえ。やっぱり異常だと思って」

「異常？」

「はい。パパは――贔屓目を抜きにしても、かなりの達人なんです。精鋭揃いの《闇夜の黒獅子》メンバーが一斉にかかっても、たぶん、返り討ちにされちゃうくらい」

「そうだな……。団長の強さは、俺の父も度々語っていた」

「そんなパパが、何も言わず消息を絶ってしまうなんて――やっぱり、信じられないなって……」

「…………」

《闇夜の黒獅子》団長、ディスティーダ・エムリオット。

たぶん俺の父でさえ勝てないだろうし、《∞チートアビリティ》を手に入れた俺だって勝利できるかどうか怪しい。

そしてそれだけではなく、的確に戦況を見抜く聡明さもあったと聞く。

このままでは敗北すると悟った時には迅速に降参し、勝てると判断した場合には、正確な指示を部下に下していく。

そんな団長が、仲間に一報もせず一カ月も姿を消す……。

団長に近ければ近しいほど、これの疑問は拭えないだろう。

「大丈夫だ、リュシア。そう悲観することはない」

「え………」

俺の言葉に対し、リュシアがうっすらと目を見開く。

「俺も何度か、父親からディスティーダ団長の強さを聞いたことがある。リュシアを連れ去った〝組織〟だけじゃなくて、他にも怪しげな武装集団とか、悪事を働き続けている山賊とか……脅威的な集団を何度も蹴散らしてきたんだってな」

「あ、はい……。そうです」

そう言ってこくりと頷くリュシアの声には、少しだけ誇らしさが滲(にじ)んでいた。

「もちろん傭兵団ですから、動くのは金額次第になりますけど……。それでも、不当な依頼は絶対断ったり、依頼中に困っている人がいたら手を差し伸べたり……そういう優しさを持っているのがパパでした」

「ああ。だから父は、団長のことを裏剣帝と呼んでたよ。レイフォート家が表立って行えない正義を執行して、その圧倒的実力でもって困っている人々を助ける……。まだ会ったことはないが、俺もひそかに団長のことを尊敬していた」

「………あ」

「だから、きっと大丈夫だ。仮にトラブルに巻き込まれているとしても、ディスティーダ団長ならきっと、うまいこと切り抜けようとしているだろう」

「はい、そうですね……！」

リュシアの表情から少しだけ力が抜けた。

気休め程度でしかないかもしれないが、俺も実際、ディスティーダ団長が〝最悪の事態〟に見舞われているとは信じがたい。

ここは少しでもリュシアに元気を出してもらったほうが、依頼も達成しやすくなるはず……。

『あ～あ、ほんと今日も帝都は平和だねぇ。ヴァルムンド王国に滅ぼされかけたばかりだってのに、この腑抜けっぷりには虫唾（むしず）が走るよ！』

「ぬ……！」

ふいに聞き覚えのある声が大音量で街中に響きわたり、俺は思わず顔をしかめた。

――レシアータ・バフェム。

どんな仕掛けなのかは不明だが、奴の声が広範囲に響きわたっているようだ。

『はははは、でもどうか安心しておくれねぇ。また王国がクソだるい侵攻をしてくる前に、こっちから特大の兵力増強施策を考えておいたからさぁ？　——今の軟弱な帝国男児とやらに、このピンチを切り抜けられるかな⁉』

「な、何……？　どういうこと？」

リュシアが急いでベッドから立ち上がった、その瞬間。

「い、いやぁぁあああああ！」

「きゃ————————っ！」

「やめて！　やめてよママ！」

痛々しい悲鳴が耳をつんざき、俺は咄嗟に部屋の窓へと駆け寄った。

そして外の光景を確認した時、俺は思わず言葉を失ってしまった。

「な、なんだ……⁉」

一言でいえば——住民たちの暴走だろうか。

さっきまで何食わぬ顔で過ごしていたはずの住民たちが、急に瞳を真紅に変え、近隣の人々に襲い掛かっているのである。

母が子の首を絞めているその光景は、もはや目も当てられない……。

「何これ、いったいどういうこと……？」

遅れて窓の外を見やったリュシアも、一瞬で青白い顔色になっている。

「昨日の国境門みたいに、あのレシアータって奴に操られてるのかな……？」

「ああ、そうかもしれない。けれど——」

それにしてはなんだかおかしい。

眼下の光景を見ると、高齢で足腰が弱っていそうな人たちでさえ、俊敏な動きで住民たちに襲い掛かっている。

ただ〝操られているだけ〟なら、このような芸当は不可能のはずだが……。

「いや、今は四の五の考えるのはよそう。ひとまず、先にみんなを……！」

「…………」

「リュシア、どうした？」

「あ、すみません。わかりました！」

リュシアが威勢よく返事するのを確認して、俺は窓から飛び降りる。

出入口を使わずに、急いで戦場に飛び込んだのには理由があった。

「いや。やめて。やめてよ、あなた……！」

「シャアアアアアッ!!」

尻餅をつく若い女性に向けて、容赦なく剣を振りかぶる若い男。その瞳が真紅に塗られているのは、他の者と同じだ。

「おおおおおおおおおっ！」

その男に向けて疾駆しつつ、俺はスキル《∞チートアビリティ》を始動。

◎現在使えるチートアビリティ一覧
・神聖魔法　全使用可
・ヘイト操作
・煉獄剣の使用可
・無限剣の使用可
・管理画面《ステータス》の表示
・攻撃力の操作

今回もひとまずは《無限剣の使用可》を開放することにする。

二つの新能力も気になるところではあるが、今はそれを試している場合ではないからな。

「す、すごい……！」

俺の変化を感じ取ったのだろう。

隣を疾駆するリュシアが感嘆の声をあげた。

「リュシアは別の場所へ。あの女性は俺が助ける！」

「ヤー！」

リュシアは短く返事すると、右足だけを地面につけ、そのまま左方向へと転換する。

その方面にも不審者が大勢いるので、彼らをまとめて無力化させに向かったんだろう。

俺も絶対、あの女性を救わねば……！

「ガァァァァァァァアアアア！」

男が剣を振り下ろした、その寸前。

カキン！　と。

その刀身が女性に直撃するよりも早く、俺の剣が男の攻撃を阻んだ。

「グヌ……!?」

「くたばれ……！」

レイフォート流。

撃百閃！

「グォアアアアアアア……ッ！」

目にも止まらぬ速度で繰り出される、百もの剣撃。

それらをまともに喰らい、男はあっけなく地面に伏した。殺害まではしていないが、さりとて手加減もしていない。しばらく起き上がることさえ困難だろう。

見たところ、帝国軍の甲冑を纏っているようだったが……。

兵士にしてはあまりにもあっさりと勝ててしまったので、拍子抜けしたのが正直なところだった。

こいつからは悪意も敵意も、それどころか生命力さえ感じられない……。

いや、今はそんなことを考えている場合ではないか。

「だ、大丈夫ですか？」

俺は尻餅をついている女性に声をかけつつ、右手を差し伸べた。

「あ、ありがとうございます……。助かりました……」

素直にお礼を述べ、女性は俺の手を取る。

一瞬心配したが、俺の素性には気づいていないようだな。たぶん、帝国の冒険者か何かだと思われているんだろう。

「ここは危険です。どこか安全な場所に避難してください」

「え、ええ……。そうですね……」

だが、対する女性はどこか空虚な表情を浮かべたままだ。

それどころか――どこか名残惜しそうに、自分に襲い掛かってきていた男を見つめている。

「あの、どうされましたか？　ここにいては……」

「い、いえ、それが……」

女性は数秒だけ言い淀んだあと、意を決したように声を絞り出した。

「信じられないかもしれませんが……。あの男の人、私の夫だ<ruby>っ<rt></rt></ruby>たんです」

「へ………？」

「亡くなる直前は、帝国軍の特殊任務に従事してて……。敵からの銃弾を防ぎきることができず亡くなってしまったという訃報が、半年前に帝国軍から届いて……。だから、だから、生きてるはずなんて、ないのに……」

「…………」

「それでも、私を見つけてきてくれたの？　あなた……」

「ググググ……ガガガガガ……」

女性に呼びかけられた男が、地面に伏せながらうめき声をあげた。

俺の剣を喰らった手前、起き上がることはできなさそうだが――それでも、懸命に何かを伝えたがっているようだった。

「ゲゲゲゲゲゲゲゲゲ。ニゲ……ロ。ガガガガガガガガガ、ココニ、イテハ、イケナイ……。ガガガガガガ……!!」

「………っ」

女性は両手で頬を覆うと、うっすらと涙を流し始める。

「あ、あなた……。あなたなのね……？」

「ググググ……。ガガガガガガガガガ……」

だが、もう駄目だ。

男はこれ以上言葉を発せないようで、地面にのたうちまわりながら、奇妙な声を発し続けるのみ。

――いや、彼だけじゃない。

周囲の混乱に耳を傾けると、ここ帝都では今、あちこちで死者が蘇り暴れ回っているようだった。

「避難してください。第三者が、あなたたちの事情に口出しすべきではないかもしれませんけど……。どうか、彼が懸命に『逃げろ』と言い残したことを忘れないでください」

「…………っ」

辛そうな表情を浮かべ、女性はゆっくりと視線を落とす。

「そ、そうですよね。彼が生きてるはずない。もう、とっくに、乗り越えたつもりだったのに……」

「…………」

「すみません。ありがとうございました、助かりました」

女性はそう言って、数秒だけ夫を見つめると――。

最後に俺にぺこりと頭を下げ、近くにある冒険者ギルドへと向かっていった。

この戦場は思った以上に厄介だった。

元より帝都には大勢の兵士がいたが、それでいうなら、敵も一般住民の中に紛れていたようだ。

兵士たちをも圧倒する勢いで、大勢の敵があちこちで破壊を繰り返している。

何より厄介なのは、敵側にかなりの実力者がいるということか。歴史に語り継がれているような剣豪だったり、かつて多くの戦績を残した戦士だったり、そうした者たちが容赦なく暴れまわっているのだ。

一般の兵士たちでは手に負えないのも、まさに納得のいくことだろう。

どうにかして活路を見いだせないものか……。

「あ、そうだ」

そこでふと、俺は懐から透明の宝石を取り出した。

――シャ、シャーリーさん……？　これは？――

――無限神教の〝執行部〟を呼び出す宝石です。彼らも厳しい特訓を受けていますから、いざという時は頼りになりますよ――

ルズベルト帝国へ出国する前、たしかシャーリーから貰った宝石があったよな。

彼女が言うには、この宝石を握って念じれば、無限神教の〝執行部〟を呼べるという話だったが……。

「おお……っと」

言われた通りに念じてみると、宝石から神々しい輝きが放たれた。

そしてその輝きが、一カ所に集まって門のような形を作り出し――。

「お呼びでしょうか、A殿」

数名の男たちが、その門から飛び出してきた。

〝A殿〟と通称を使っているのは、たぶん俺の身バレを防止するためだろうな。

「ありがとうございます。見てわかると思いますが、今、帝都が大混乱に陥っています。どうか力を貸してください」

「……御意」

執行部は互いの顔を見合わせるや、そのまま瞬時に戦場へ散っていった。やはり全員身のこなしが洗練されていて、その際の動きがほとんど見えなかった。彼らが走り出した途端、その軌跡にかろうじて残像だけが見えた形である。

「グオッ……！」

「カハッ……！」

そして彼らの強さは、もちろんスピードだけではない。

敵に対してそれぞれ的確な一撃を見舞い、瞬時にして気絶へ追い込んでいく。みんな拳だけで戦っているようだから、それがスピードにも反映されているんだろうな。

「ふう……」

もちろん、俺も黙って戦況を見守っているつもりはない。

ちょうど有用そうな能力があったので、さっそくそれを使ってみる。

◎現在使えるチートアビリティ一覧

・神聖魔法　全使用可
・ヘイト操作
・煉獄剣の使用可
・無限剣の使用可
・管理画面《ステータス》の表示
・攻撃力の操作

「能力発動——《攻撃力の操作》！」

俺がそう唱えると、続いて次の文章が視界に浮かんできた。

◎《攻撃力の操作》が使用されました。

現状だと次のように攻撃力を操作できます。

・四分の一
・二分の一
・二倍
なお、現状においては自身の攻撃力操作はまだできません。ご了承ください。


「ふむ……」

やはり字面の通り、対象の攻撃力に干渉する力だったか。

自分の攻撃力にはまだ干渉できないらしいが、現在それは大きな問題ではない。

敵の攻撃力を落とし、その上で味方を強化する——。

それが果たせれば、それだけでかなり戦況が有利になるだろう。

「《攻撃力の操作》発動——！　味方の攻撃力を二倍に、住民に襲いかかっている敵の攻撃力を四分の一に！」

俺がそう唱えた途端、まわりの光景に変化が生じた。

「わ、わわわわっ……！　何これ！」

「むっ………」

戦闘を繰り広げているリュシアや執行部、兵士たちが透明な光に包まれ始めたのだ。それに反して、敵側に関しては動きがかなり鈍くなっている。

「ア……アールさん、何かやったんですか……？」

「ああ。味方側の攻撃力を二倍にさせてもらった」

「に、二倍っ⁉」

こちらに駆け寄り、おそるおそる問いかけてきたリュシアが、俺の回答を聞いて驚きの表情を浮かべる。

「う、嘘でしょ⁉　どういうことですか⁉」

「……気にするな。それがあのお方の力だ」

「気にするなって言われても……。って、あなたたちもいったい誰なんですかっ‼」

ごく当たり前のように受け止めている執行部に、元気よくツッコみを入れるリュシア。

……うん、これなら問題なさそうだな。

いくら敵側に凄腕の戦士が紛れ込んでいるといっても、さすがに攻撃力を落とされたらひとたまりもないはず。奇妙な叫び声をひたすら上げ続けているあたり、たぶん生前より知能が劣っているようだしな。

そのうえで、こちら側の戦闘員は攻撃力二倍――。

無限神教の執行部も駆けつけてくれた今、戦況は大きくひっくり返ったと言えるだろう。

「さあみんな、勝利は目前だ！　最後の最後まで、油断なく制圧していくぞ！」

「御意」

「ヤー！」

俺のかけた発破に、リュシアと執行部が威勢よく応じてくれた。

4

《∞チートアビリティ》の力を使ってから三十分ほど経過しただろうか。

「お、終わったか……？」

最期までしぶとく暴れ続けた兵士を制圧し、俺は両膝に手をついて息を整える。

執行部の一名によれば、この兵士は帝国において《剣王》と呼ばれる人物らしい。およそ四千年前に活躍した人物で、当時は脅威的存在だった〝魔王〟なる敵を単身で討ち倒したのだとか。

いくら攻撃力を抑えているとはいえ、俺のほうは連戦だったからな。

さすがに《剣王》ともなると、制圧には時間がかかった形である。

「まさかお一人で剣王を打ち倒すとは……素晴らしいですなA殿。四千年経った今でも、帝国では史上最強と呼ばれる剣士だったと思いますぞ」

「そ、そんなに強かったんですか……？」

「ええ。こちら側の被害の半数は、その剣王によるものだと考えて差し支えないでしょう」

「…………」

言われて、俺は改めて帝都の様子を見回してみる。

そこかしこで倒れている人々。半壊している建物。幹の半ばで折れている木々。

あんなに瀟洒だった町並みが、一瞬にして地獄絵図になり果ててしまった。俺たちも力を尽くしたが、完全には守り切れなかったか……。

「そう気を落とすことはありませんぞ、A殿」

俺の思考を見抜いたか、執行部の一人がそう声をかけてきた。

「おそらくご存じだとは思いますが、敵側には住民の〝身内〟が多くいた。いくら私たちが避難誘導しようとも、それがあまり功を奏さず……そのまま〝身内〟の手にかかった者が大勢いたのです」

「身内……」

そうだ。

最初に助けた女性も、半年前に死別した夫に襲われたと言っていたな。

大好きだった人が蘇って、前のように自分に近寄ってきたとしたら……誰だって正常な判断力を失うよな。

そして、このおぞましい事件を引き起こした真犯人こそが――。

『いやぁ……本当だよ。僕としては、腑抜けた帝都民への見せしめに、もっと多くの人に死んでもらいたかったんだけどね。余計な邪魔を入れてくれたもんだよ、まったく♡』

「っ……」

余裕綽々といった声と共に姿を現したのは、レシアータ・バフェム。

その身体がやや透けていることを見ると、今回も実体はここにはないんだろう。そうでなければわざわざ俺たちの前に姿を現すわけがないし——捕まえることは不可能だ。

『でもまあ、そこにいるお兄さんたちは無限神教の執行部だよねぇ～？　さすがに《∞の神》の加護を受けている君たちがいたら勝てないか』

「………」

なるほど。

どういうわけか、こいつは無限神教のことも知っているようだな。

治癒神の名前を出していたことといい……やはりただ者ではなさそうだ。

「くだらぬ妄執にとり憑かれし者、レシアータ・バフェム。貴様を生かしていることは、我らが無限神教にとっても最大の汚点よ」

『あっはっはっは!!　光栄だねぇ。天下の無限神教にそこまで言われるな・ん・て♡』

「ふん。貴様の過去を知っている者はみな、同じことを言うだろうよ」

『う～～ん、そうかなぁ？　僕としては自由気ままに生きてきただけなんだけどねぇ～～♠』

やはりこのレシアータという人間、相当に頭のネジが外れているようだな。

こちらが怒れば怒るだけ、そのことに対して喜んでいるような——。

そんなサディスティックな一面が垣間見える。

「やっぱり、そうだ……」

と。

ふいに、今まで押し黙っていたリュシアがぎろりとレシアータを睨みつける。

「あなた……ですよね？　十年前、笑いながら私をいたぶり続けたのは!!」

『ン〜〜？』

レシアータはそこで目を細め、リュシアの全身を眺める。

『ごめん、僕がいためつけた子どもなんて無数にいるから、あんまり思い出せないんだけどサ……。もしかして、施設内では307号って呼ばれてたかな？』

「…………っ」

当たりだったのかもしれないな。

307号と呼ばれたリュシアが、辛そうに表情を歪め、視線を下に向ける。

『お、お〜〜♡　その反応は、もしかして、もしかしてぇ〜〜♡　ギャハハハハハ、嘘でしょ、ここで運命の再会を果たしちゃう⁉』

「う、うあああああああっ!!」

「ま、待てリュシア！」

俺が止まるも間に合わず、リュシアはハルバードから無数の銃弾をレシアータに撃ち出す。

だが思った通り、あいつの実体はここにはない。

銃弾はすべて奴の身体を通り抜け、その向こう側にある地面に激突していった。

『あはははははははは！　ひゃっほう♡　いいねいいねぇええええ！　その顔だよ！　僕が憎くて憎くて憎くて、殺したくて殺したくて殺したくて殺したくてたまらないのかい？　ン〜

〜〜〜？』

狂気じみた笑い声をあげ、両手を広げて銃弾を受け止めようとするレシアータ。

絶対に当たらないことがわかっているからこその余裕だろう。

「リュシア、やめろ！　安い挑発に乗るな！」

『うふふふふ♡　そっかそっかぁ〜、十年前は僕にいたぶられて、ウフフ……今度は、大事な大事なお父さんが……』

「え…………」

レシアータの言葉を受けて、リュシアが発砲を止める。

「ど、どういうこと……？　やっぱり、パパのこと知ってるの……？」

『知ってるも何もないよ！　今回の事件にがっつりと関係してるさ！　ってか僕が呼び出したんだし♪　今、何をされてるかは教えてあげないけどねぇ〜〜〜〜♡　あっはっはっは！』

「やめて……。やめてよ……！　うあああああああああああ！」

再び絶叫し、銃弾を放とうとするリュシア。

「待てリュシア！　いったん落ち着け!!」

そんな彼女を、俺は背後から抱き締める。

年頃の娘に対してやってはいけないことだが、今はそんなことを言っていられる場合ではなかった。

「レシアータ！　おまえ、こんな事件まで引き起こして、リュシアまで痛めつけて、いったい何が目的だ!!」

『ウフフ、何を今さら。軟弱な帝国民を叩き潰して、敵性国家たるヴァルムンド王国を支配する。最初からそれしか考えてないよ♡』

「ふざけるな！　こんなことが、いったいなんでヴァルムンド王国を支配することに繋がるんだ！」

『ふふふ、意外と察しが悪いねぇ。君だってフレイヤ神と戦ったんだ。同格の力を持つ《治癒神》がいったいどれだけ恐ろしいのか、言わなくてもわかるんじゃないかい？』

「なんだって……？」

俺が目を見開いた、その瞬間。

レシアータは右手を突き出し、そこから淡い光が放ち出した。

「ぬ…………！」

無限神教の執行部はいち早く何かに気づいたのだろう。

「A殿、リュシア殿、戦闘の準備を！　恐ろしいことが起きます！」

瞬間。

「ガガガガガガガ……」

「ゴゴゴ……ギギギギ……」

「ギャガガガガガガガガガガガ……」

「おいおい、嘘だろ……？」

目の前で引き起こされた現象に、俺もさすがに絶望を禁じえない。

——そう。

ようやく倒し終わった死者たちが、再び奇妙な声をあげて立ち上がり始めたのだ。みな大きなダメージを与えておいたはずだが、その全員の傷が綺麗さっぱり癒えている。

そしてもちろん、四千年前に魔王を倒したという剣王も同様だ。

「これが……治癒神の力だってのか……？」

『フフフ、そういうこと♪　問答無用で死者を蘇らせるだけじゃなくて、その傷を癒すこともできる♪　フレイヤ神とはまた違った意味で、恐ろしい力を持ってるよねぇ？』

「おのれ……！」

無限神教の執行部もまた、苦々しい表情で戦闘の構えを取る。

レシアータが言うには、治癒神の力はあくまで対象者の傷を癒して蘇らすところまで。その意思を操ることはできないだろうし、俺もそんな話は聞いたことがない。

だが、俺たちはたしかに昨日見た。

国教門を守護する兵士たちが、レシアータにいともたやすく意識を操作されているのを。

治癒神の圧倒的な回復力と、そしてレシアータの悪質な妖術。この二つが悪い意味で噛み合った結果、今回の事件が引き起こされてしまったわけか。

『ま、今回はただ、治癒神の力をうまく発揮できるか実験したかったんだけどね……。でも、これもいい機会だ。君たちは計画の邪魔になりそうだし……ここいらで死んでもらおうか』

ゴォォォォォォォオオ……と。

レシアータの右手が再び輝きだすと、周囲の死者たちがさらなる叫び声をあげる。

全員が獰猛な目つきで、俺たちを痛めつけようとにじり寄ってくる……。

「くっ……」

俺には《∞チートアビリティ》があるし、この場を切り抜けることはたぶん可能だ。

だが――問題はレシアータの使う治癒能力。

死者たちをいくら倒しても、再び再生してしまうのでは意味がない。といってここから逃げ出せば、さらに大勢の人々が犠牲に遭う。

いったいどうすれば……。

「――すみませんが、邪神の力を行使するのはそこまでになさい」

と。

聞き覚えのある声が響き渡ったのと同時、新たな人影がこの場に姿を現した。レシアータの実体はそこにないはずだが、その人影は果敢にも奴に突っ込んでいく。

『な、何……？』

そしてレシアータが目を見開いた頃には、その右手の輝きは失せていた。

『あははは……！　《∞の神》の力を使って、治癒神の力を相殺したか。相変わらずムカつくことをしてくれるじゃないか、シャーリー・ミロライド』

「そうですね。生憎、私はあなたのような人が大っ嫌いですので♡」

『ふふっ、相変わらず合わないようだねぇ、僕たちは』

シャーリー・ミロライド。

無限神教の教皇たる彼女が、この土壇場で駆けつけてくれたか……！

「遅れてごめんなさいね、Aさん。執行部を呼んでいらっしゃたこと、数分前には気付いてましたが……すぐには駆けつけられず」

そう言って、いつも通り色気たっぷりにウインクをしてくるシャーリー。

相変わらず余裕綽々な様子だが、正直今はそれに救われる。

「治癒神の力を抑えつけさせてもらいました。その力がなければ、死者たちの力を維持させることは不可能でしょう。ご安心ください」

シャーリーがそう説明してくれた通り、今まで少しずつこちらに近寄ってきていたのが、今では全員が地面に伏せている。治癒神の後ろ盾をなくした以上、もう動くことはできないのだろう。

『ふふふ、ちょっと消化不良だけど、まあここらが引き際かな。実験の目的は果たせたわけだし♠』

レシアータはそう言って不気味な笑みを浮かべると、最後にリュシアに視線を向ける。

『それじゃあね、307号。お父さんが今何をされているのか知りたかったら、ぜひ、最後まで足掻いてみるといいよ。徹底的に踊り狂わされて、僕のオモチャにならないことを祈るがいいさ♡』

「うっ…………」

悔しそうに歯がみするリュシア。

『あっははは、いいねぇその顔だよ。――それじゃあみんな、またねぇ～～～♪』

場違いなほどに明るい声を発し、レシアータの幻影はその場から姿を消した。

5

事件の後始末は、ひとまず帝国軍や冒険者ギルドが行うことになった。

死者たちはレシアータと一緒に姿を消していったようだが、それ以外の被害者たちは地面に伏したままだからな。多くの建物が半壊していることを鑑みても、完全な復興には時間がかかるだろう。

もちろん、俺も最初は復興を手伝おうとしたが――。

シャーリーや執行部に強く止められ、ひとまずは宿に戻ることになった。

こんな衝撃的な事件が起こった矢先に、ヴァルムンド王国の人間がいると余計な混乱を生むかもしれない……。

それが止められた理由だった。そして宿に向かおうとした矢先、

「あ、あの……。ありがとうございました」

そう礼を言って俺に頭を下げる住民がいた。

「あなたたちがどなたかは存じませんが……あなたたちがいたおかげで、より大きな被害を出さずに済みました。本当にありがとうございました」

「ありがとうございました……！」

「本当に助かりました……！」

その住民につられるようにして、他の住民たちも俺たちに頭を下げてきた。

「はは……いえいえ、とんでもないです。皆さんこそ、無事で良かったですよ」

正直、今回の戦いは精神的にくるものがあった。

最初に助けた女性のように、その身内を倒さなければならない〝やるせなさ〟。

そして何より、死者と戦わねばならない精神的苦痛……。

シャーリーのおかげで戦闘的にはさして苦労はしなかったが、だとしても、胸にくるものがあったのは事実だ。ただ単に敵を倒していればいい、という戦いではなかったからな。

太陽神（フレイヤ神）、治癒神、知恵神……。

この三柱のうち、最も強い力を誇るのはフレイヤ神だという。

けれど、他の二柱も間違いなく桁外れの力を持っていて……。

レシアータのような者にその力を悪用されると、フレイヤ神よりもさらに厄介といえた。

だからこそ、こうやって感謝されると純粋に心が救われるよな。

率直に言ってしまえば、ヴァルムンド王国とルズベルト帝国は敵対している関係だけれど——それでも、みんな懸命に日々を生きている人たちなんだから。

「あ、あの……」

そうして宿に戻ろうとすると、住民の一人がさらに俺に声をかけてきた。

「もしかしてですが、あなたは……えっと……」

「へ……？」

「いえ、その、なんだか見たことあるなって……」

「…………」

やばい。

もしかして俺の正体に勘づかれ始めたか。

「あら、ごめんなさい♡　私たちもかなり負傷していますので、すみませんがこのへんで失礼いたしますね♡」

と。

俺が立ち止まっていると、ふいにシャーリーがいつもの艶めかしい声を発した。

そして俺の腕を引き寄せ、無理やり宿へと引っ張っていく。

「ちょ、シャーリーさん……！」

「仕方ないじゃないですか♪　このまま正体を知られるよりずっといいでしょう？」

「いや、俺が言ってるのはそれじゃないんですが……」

絶対わざとだと思うんだが、当たってるんだよな。

柔らかい二つの膨らみが。

「ふふ、それにツッコみを入れられるのは元気の証です。私も状況整理をしておきたいので、リュシアちゃんとも一緒に宿に戻りましょう。――あ、執行部の方々はお疲れさまでした。また呼ぶかもしれませんが、いったんお戻りください」

「御意」

シャーリーの指示を受けて、執行部の面々は一瞬にして姿を消すのだった。

第三章　揺るがぬ決意とともに

1

「そういえば、皆さんのためにおいしいお菓子を用意してきましたよ♪」

宿の部屋に入った途端、シャーリーが両手を重ね合わせ、朗(ほが)らかな声を発した。

「外は今大変な状況ですが、私たちまで暗くなっては仕方ありません。今後に備える意味でも、ぜひ今のうちに英気を養っておきましょう♡」

と言ってシャーリーがバッグから取り出したのは、茶色い板状の物体。

銀色の紙でその板を包んでいるようだが、あれはいったい……？

「ふふ、初めて見ますよね？　実はこれ、異国で最近開発されたチョコレートというお菓子です」

「チョ、チョコレート……？」

「はい。液状のスイートチョコレートに濃縮ミルクを入れ、その後に長時間冷やすんです。そうすると、ミルクの成分に変化が生じ、固形物になる……。それがこのチョコレートです」

「は、はあ……」

詳しく解説されても、俺は料理人でも研究者でもないからな。

専門的なことは全然わからないが、一つはっきりしていることは、そのチョコレートなるものが新しい食べ物であるということか。

「ふふ、不思議そうな顔をしていらっしゃいますね。……では言い方を変えましょう。これは世界各国の富豪がいくらお金を積んでも簡単には手に入らない、幻のお菓子であると」

「えっ…………!?」

「でも、そんなことより今は英気を養うことのほうが重要ですからね。どうぞ遠慮なくお食べください♪」

言うなり、ひょいっと板チョコレートを軽く投げてくるシャーリー。

「わ、わわわわっ！」

俺は慌てて両手を差し出すと、すんでのところでチョコレートをキャッチ。危うく幻のお菓子を地面に落下させることだけは避けられた。

「な、何するんですかシャーリーさん！　そんなことして、チョコレートが割れたらどうするんですか！」

「ふふ、大丈夫ですよ♡　アルフ様ならしっかりキャッチしてくれると思ってましたし……それに、こうでもしないと受け取ってくれないでしょうから」

「だからって投げることはないでしょうに……」

まあこれがシャーリーらしいといえばシャーリーらしいか。

初めてムルミア村を訪れた時も、いきなり家に押しかけてきてはサンドイッチを振る舞ってくれたんだよな。しかもその時も、王家でさえ滅多に手に入らないという調味料を使ってくれて……。

今思えば、無限神教の教皇ゆえに、世界各地に出向くことが多いのかもしれないな。

今回のチョコレートだって、異国で最近できたばかりのお菓子だっていうし。

「はぁ……」

俺は深くため息を吐くと、ちらと背後に視線を向ける。

「………」

そこには、ベッドの上でちょこんと両膝を抱えているリュシア・エムリオットの姿があった。

視線も完全に下を向いており、酷く塞ぎ込んでいる様子が見て取れる。

「……リュシア、どうだ。一緒に食べないか。おいしいらしいぞ」

「………」

返事なし――か。

彼女と出会ってまだ二日くらいだが、その間ずっと素直に俺に付き添ってくれた。

ちょっと抜けているところはあれど、それでも純粋に、真っすぐに、団長と再会するために頑張り続けていた。

そんな彼女がこんなにも落ち込んでしまうとは……さっきの件がよほどショックだったんだろうな。

……無理もない。

あのレシアータが、昔〝施設〟で自分を痛めつけてきた張本人で。

今度はなんと、そのレシアータが自分の父親にさえも手を出している――。

彼女の半生を思えば、このことに衝撃を受けないわけがないんだよな。

「ごめんなさい、アルフさん……。今はまだ、ちょっとその元気がなくて……」

「……いや、俺のほうこそ申し訳ない。調子出ない時は、無理しなくてもいいからな」

「…………」

俺はそう言うと、シャーリーに振り向いて言った。

「できれば、このチョコレートはリュシアと一緒に食べたいです。それで腐ったりはしないですかね？」

「はい……そうですね。それなりに日持ちすると思います」

シャーリーもまた、今回は大人しく引き下がってくれるようだった。

「そんなに暖かくもないですしね、ルズベルト帝国は」

「ありがとうございます。今回はすみませんが、後で食べることにしますね」

「ふふ……食べ終わりましたら、ぜひ感想を聞かせてください」

そう言って控えめに笑うシャーリー。

リュシアのことを気遣ってくれているのかもしれないな。

……できればこのままそっとしておきたいところだが、しかし事態は急を要する。国境門でのレシアータの思想や口ぶりからすると、よからぬことを考えているのは間違いないからな。

――だからさ、僕が代わりに開戦のきっかけを作りにきてあげたんだ♠　そこにいる彼がラミアからの差し金だっていうんなら、ちょうどいいんじゃない？――

ただでさえ微妙な世界情勢で、さらに厄介なことをされてしまっては困る。
最悪、またしても全面戦争に突入してしまう可能性さえあるだろう。
だからリュシアには申し訳ないが、ここは今のうちに、シャーリーと情報共有させてもらうことにする。

「ふふふ……。アルフ様、いろいろと聞きたそうなお顔ですね」

その気持ちが表情に出ていたのだろう。
俺のほうから切り出す前に、シャーリーに機先を制されてしまった。

「いいですよ。私たち無限神教にとっても、邪神の力を放っておくわけにはいきません。お互いに情報を共有していけると助かります」

「はは……。本当に敵いませんね、シャーリーさんには」

俺は後頭部を掻いて苦笑を浮かべると、数秒だけリュシアに視線を向け――さっそく本題を切り出した。

「真っ先に聞きたいのは……他でもありません。あの謎の男、レシアータ・バフェムの正体についてです」

俺たちの会話が気になるのだろう。

リュシアの背中が、一瞬だけびくっとしたのを俺は見逃さなかった。

「ええ……わかりました」

俺の言葉を受けて、シャーリーがこくりと頷く。

「アルフ様が帝国に来てから、まだ二日目くらいだと思いますが……それでも、あのレシアータという男の恐ろしさを思い知らされたようですね」

「ええ……。それはもう、痛いほどに」

「わかります。私もまた、あれほど胸糞悪い人物に会ったことはありませんよ」

シャーリーはそこで一拍置くと、俺の目を見つめて質問に答え始めた。

――治癒神神聖教団。

今から十年ほど前、レシアータはこのような教団に属していたのだという。

その名の通り、邪神たる治癒神を異常なまでに崇めつつ、政治思想的にもかなり右に偏った危険集団……。

このように認識されている教団だったらしい。

「アルフ様が倒したフレイヤ神と違い、治癒神はその神体を完全に失っていました。ご存じの通り、《∞の神》によって完全に消滅させられた形ですね」

「え……。でも、当時の人々は治癒神の神体を匿ったりしなかったんですか？」

「やろうとはしたそうです。ですが当時のルズベルト帝国は、治癒神の回復力に強く依存していましたからね。その治癒神がいなくなったからこそ、皮肉なことに、まともに治癒魔法を扱える人がいなかったんです」

「な、なるほど……」

「ですから《∞の神》との戦闘を経て、治癒神そのものは完全に死亡しました。ですが人間の欲というのは、時に強烈な妄執を生み出すもの……。たとえ治癒神は蘇らせられなくても、せめてその力だけは再現しようとしたんです。その先頭に立った教団こそが――前述の《治癒神神聖教団》でした」

「……そうか、そういうことでしたか……」

レシアータはさっき、おそるべき力を用いて死者の傷を癒していった。

なんとも人間離れした所業ではあったが――あれこそ、まさに治癒神の力を再現していたというわけか。

そんな思索を巡らせていると、シャーリーが続いて口を開いた。

「ですが、治癒神とて〝神の領域〟に立つ存在。人間がいくら努力し続けてきたとて、簡単にはその領域には辿り着けないはずですが……」

「――レシアータの振るっていた力を見るに、もはや治癒神の力そのものを手に入れつつある。

……そういうわけですね」

「ええ、そういうことになります」

そう答えるシャーリーの表情からは、心なしか憂いの感情が読み取れた。

「人類が誕生する、はるか前を生きていたとされる神様たち……。その力を再現することはとても難しく、私たちでさえ《∞の神》の力を完全には解明できていないというのに……」

「………」

しかして、かの《治癒神神聖教団》はそれを突き止めてしまったわけか。

あの執行部が言っていたように、たしかにすさまじいまでの妄執を感じるな。

いや。

もしかすれば、こんなにも早く治癒神の力を再現できたのは――。

「あ、あの。ちょっといいですか……？」

と。

俺が黙りこくっていると、ふいにリュシアが会話に割り込んできた。

まだ完全には立ち直っていないようで、酷く身を縮こまらせているな。しかもそれだけじゃなく、小刻みに全身を震わせている。

つまりはそれだけ――あの男(レシアータ)に酷い目に遭わされてきたのかもしれない。

「リュシア……、もう大丈夫なのか？」

「はい。まだあの人は怖いですが、でも、せめて、お二人の力にはなりたくて……」

「リ、リュシア……」

ほんとに強い娘(こ)だな、リュシアは。

彼女にとって、あのレシアータはトラウマそのものであるはず。それでもただ引きこもっているだけじゃなく、しっかりと前へと進もうとしているとは……。

その強さは、当然俺も見習うべきだよな。

「えっと……。重い話で申し訳ないんですけど……」

リュシアは自身の片腕をさすりながら、思い出すようにぽつぽつと語り始めた。

「施設の中で、私が酷い暴力を受けていた時……。あの人は、ずっと私に変な魔法をかけ続けていました。あの人はそれを《実験》と言ってて……。毎回その質に差はありましたが、回復魔法であることはたしかでした」

「なるほど……。そうでしたか」

彼女の話を受けて、シャーリーが神妙に頷く。

「ちなみにですが、他にも同様の目に遭っている子がいたかはわかりますか？」

「はい。私と同じように、みんな、殴られ続けては回復されて……。その繰り返しだったようです」

「……そうですか。辛いことを思い出させてしまいましたね。申し訳ございません」

ぺこりと丁寧にお辞儀をするシャーリーだが、その瞳は怒りに燃えていた。

そりゃそうだよな。

こんな胸糞悪い話、俺も聞いていて反吐が出そうである。

本来、人間が辿り着けないはずの〝神の領域〟――。

ごく短い間で《治癒神神聖教団》がそこに辿り着いたのには、裏でこうした凄惨な実験を繰り返していたからだろう。

良識ある人間がためらうような悪事でさえ、実験のためなら軽々とやってのけて――。

その妄執の果てに、今、治癒神の力を再現しようとしているのだ。

「こほん」

降りてきた沈黙を振り払うかのように、シャーリーがそう切り出した。

「当然、そのような悪事をルズベルト帝国が放っておくわけがありません。政治的な思惑もありつつ、十年前、《治癒神神聖教団》の掃討作戦が繰り広げられたと聞いています」

「はい。そして当時その作戦の矢面に立っていたのが、《闇夜の黒獅子》という傭兵団……そして私のパパ、ディスティーダ・エムリオット団長でした」

きっと、気のせいではないだろう。

《闇夜の黒獅子》について語りだした瞬間、リュシアの表情が柔らかくなったのは。

「あの時のパパたちは本当にかっこよかったです。さんざん私を痛めつけてきた人たちを、なんの苦労もなく倒していって……。私以外の子どもにも、優しい表情で手を差し伸べてくれて……。それを見て、この人たちみたいに強くなりたいなって……そう思ったんです」

自身の胸に手を当て、少し誇らしそうにそう語るリュシア。

「だから、パパや団員のみんなは、私の目標なんです。まだまだ未熟者で、すぐカッとなっちゃう私だけれど……いつか、パパのように強くなりたいって。将来は、昔の私のように困っている子どもたちを救っていきたいって……」

「リュシア……」

すごい。

本当に立派なものだと思う。

俺も昔から剣一筋で生きてきたが、幼い時から一心不乱に努力できる者は周りにいなかった。剣帝の息子として生まれたベルダでさえ、修行の時には怠(なま)けてばかりだったからな。

幼少期に味わった辛い経験が、今の強いリュシアを作り出しているのかもしれない。

「でも……！　でもっ……！」

と。

さっきまで誇らしげな表情を浮かべていたリュシアが、ふいに両の拳をぎゅっと握り締める。

「そんな私の憧れの人たちでさえ、またあのレシアータって人が奪おうとしてる。そんなの、許せない……！　許せるはずがないっ‼」

「ああ……そうだよな」

――レシアータ・バフェム。

怪しげな妖術を使うだけじゃなく、なかなかに悪知恵も働きそうな男だからな。

十年前の掃討作戦をうまく切り抜けて、《治癒神神聖教団》の残党として行動していてもおかしくないだろう。

今回ディスティーダ団長を呼び寄せたのも、過去の復讐という目的があるかもしれないな。

「シャーリーさん。今の《治癒神神聖教団》の状態について、何か知っていることはありますか？」

「ええ、もちろんです」

そう言うと、シャーリーは両目を閉じ、記憶を辿るように語り始めた。

「現在の最高幹部は、もちろんレシアータ・バフェム。他にも、掃討作戦から逃げのびた構成員や、新しく取り込んだ構成員もいることが確認できています。総勢で五十名ほどでしょう」

「五十名……」

その数だけ聞くとたいしたことなさそうに思えるが、もちろん油断はできない。

何しろ、あのレシアータは治癒神の力をほぼ再現できる状態だからな。

さっき帝都が襲撃された時と同じように、数え尽くせないほどの死者を操ってくる可能性もある。

中には剣王のような強敵もいるだろうし、まったく侮れる相手ではない。

さらに、その死者たちを無限に蘇らせられる可能性を考えれば――。

率直に言って、かのフレイヤ神よりも厄介な相手だと言えるかもしれない。

単純な戦闘力だけならフレイヤ神のほうが上かもしれないが、今回の場合は、それ以外にも手こずりそうな要素がたくさんあるからな。

だが――それでも俺は戦わねばならない。

レシアータの目的が「ヴァルムンド王国との全面衝突」にある以上、さすがに放っておくことはできないからな。

そして。

「リュシア。今の話を聞いた上で……それでも、レシアータに立ち向かっていくか？」

「はい……！　もちろんです」

俺の問いかけに対し、リュシアは決然と言い放つ。

「正直まだあの人のことは怖いですけど、ここで逃げるわけにはいきません。かつて私を救ってくれたパパたちを、今度は、私がこの手で救ってみせるんです……!!」

「ああ、わかった。その意気なら大丈夫そうだな」

これまでの戦闘で、彼女の突出した強さはわかっている。

きっと戦場でも頼りになるだろうし、ディスティーダ団長を想うその気持ちは、きっとレシアータと戦う際の原動力になると思う。

「安心してくれ。ディスティーダ団長ほどは頼もしくないかもしれないが、俺だってリュシアを精一杯守ってみせる。アルフ・レイフォートの名に誓って、絶対にレシアータの好きにはさせないさ」

そう言って、俺はリュシアの頭を優しく撫(な)でてみせた。

女の子に気安く触るものではないが、これで少しでも元気を出してほしいという、俺からの激励だった。

「あ…………」

なんだろう。

リュシアがそこで目を大きく見開いた。

「えへへ……。なんでしょう、この気持ち……。パパとはちょっと違うんですが、なんだかすっごく安心します……」

「はは……、さすがにディスティーダ団長と比べられたら困るな」

苦笑を浮かべつつ立ち上がり、俺はテーブルに置いていたチョコレートをリュシアに差し出す。

「良かったら、一緒に食べよう。シャーリーさんがわざわざ持ってきてくれたんだ、きっととびきりに美味いぞ」

「うふ♡　ただの直感ですけど、リュシアちゃんはきっとハマると思います♪　特に女の子に大人気ですからね、チョコレートは」

「えっ……、そうなんですか？」

少し興味が出てきたのか、不思議そうに銀紙を剥いたチョコレートを眺めるリュシア。

その後数秒だけ間を置くと、パキッと小気味良い音をたてながら、そのチョコレートを食べ始めた。

「………‼」

瞬間、彼女の目が大きく見開かれる。

「おひはい！　ひょっほふおあひいてふよ！」

「はは。よく聞き取れなかったが、ニュアンスはなんとなく伝わってきたよ」

たぶんだが、『おいしい！　すっごくおいしいですよ！』と言っていたんだと思う。あくまで推察に過ぎないが。

その後もリュシアは夢中でチョコレートを食べ続け、あっという間に平らげてしまった。

「すごい……。こんなにおいしいお菓子が、この世に存在していたなんて」

ちなみに俺もリュシアと一緒に食べてみたが、たしかにめちゃめちゃ美味いな。

とろけるような甘みがありながら、それでいて甘すぎることもない。パキっとやや食感が固いのも好印象だった。

「ふふ、気に入っていただけて何よりです♡　ヴァルムンド王国やルズベルト帝国にはまだ普及されていませんから、また折を見て持ってきますね♪」

シャーリーもまた、両手のひらを合わせて喜びを表現していた。

「アルフ様もリュシアちゃんも十分にお強いですけど、やっぱり、戦うことってそれだけで神経を使いますから。頑張った後は、よく休んで、よく食べる。これが大事だと思います♪」

「はは……、たしかにそうですね」

さすがは無限神教のトップ、といったところか。

わざわざ希少なお菓子を持ってきてくれたのも、こうして俺たちの英気を養うためだったのだろう。

「…………じ〜」

と。

今のやり取りを見て何か思うところがあったのか、リュシアが俺とシャーリーを不思議そうに見つめている。

「ん？　どうしたんだ、リュシア」

「いえ……。今までなんとなくスルーしてきましたけど、お二人ってどういう関係なのかなって。特にシャーリーさんなんて、アルフさんに様付けしてますし……」

「あらあらあら♡　リュシアちゃん、私たちの〝大人の関係〟が気になるんですか？」

「ふえっ⁉　お、大人の関係ですか⁉」

そこでかあっと頬を赤らめるリュシア。

「いやいやいや、何言ってんですかシャーリーさん……！　教育に悪いこと言わないでくださいよ……！」

ほんと、油断も隙もあったもんじゃないな。

この危機的状況においても、シャーリーはシャーリーということか。

「はぁぁああ、いいですね♡　ちょっとまだ純朴そうですが、少しずつ性を意識し始めるお年頃……。アルフ様のことが気になってるんですか？」

「え……？　そ、そうなんですかね？　さっき頭を撫でられた時、胸がキュンってしたんですけど……そういうことでしょうか？　こんな気持ち、パパや団員さんからは感じたことがなくて……。わかんないんです」

「わ～♡　そうです、そういうことですよ♡」

「ほ、本人の前でそういう話を始めないでくださいっ‼」

思わず大きな声をあげてしまう俺。

まさか俺を目の前にして、俺に関わる恋愛話をするとは……。

それを聞かされる身にもなってほしいものである。

「へ？　アルフさん、なんでそんなに顔赤いんですか？」

「リュシアもこれ以上この話を掘らんでいい！」

こりゃあ厄介だぞ。

出会った当初は異性への興味がなさそうだと思っていたリュシアだが、実際はそうではなく、興味が芽生える前のギリギリのラインに立っているようだ。

この時期は特に繊細だろうから、余計なことを言うもんではない。

「と、とにかく！　あまり深く自己紹介できてなかったのはその通りだし、ここらで改めて、俺たちの自己紹介をしていこう！」

「うふふふ♡　あからさまに話題を逸らすなんて、アルフ様も可愛いところがおありですね♡」

「だからもう、これ以上煽らないでくださいって!!」

相変わらず妖艶な笑みを浮かべるシャーリーに、俺は全力のツッコミを入れるのだった。

レシアータ・バフェム——および《治癒神神聖教団》との戦いは混迷を極めることが予想される。

その前に、もっとお互いのことを知っておいたほうがいいのは間違いない。

うまいこと連携を取れるようにしておけば、本来なら勝てないはずの強敵にさえ勝てるかもしれないからな。

ということで、俺は恋愛話から逃れるために、無理やり自己紹介の時間を設けるのだった。

2

「す、すごい……！　お二人とも、そんな過去があったんですね……！」

——三十分後。

俺とシャーリーの自己紹介を聞き終えたリュシアが、目をキラキラ輝かせながら言った。

「シャーリーさんは、えっと……《無限神教》の教皇様だったんですね。道理でいろいろなことを知ってるなって……」

「ふふ、そう大層なものでもありませんけどね。お母様から現在の地位を受け継いで、まだ日も浅いですし」

「いえいえ、十分すごいですよ！　きっと私よりお強いですし、いろんな知識をお持ちですし……！」

「ありがとうございます♡　そんなふうに言ってもらえると、必死になって勉強し続けてきた甲斐がありますね♪」

シャーリーは手のひらを合わせて喜びを表現すると、ちらりと俺に視線を送ってきた。

「けれど、本当にすごいのはアルフ様ですよ♡　《∞の神》様の力を受け継いだだけじゃなくて、かのフレイヤ神から世界を救ってみせたんですから♡」

「はいっ！　それもすっっっっっっごくすごいと思いました！」

リュシアが一層に目を輝かせ、テーブルを挟んだ向こう側の席で前のめりになる。

「フレイヤ神を倒したのはあの〝映像〟で知ってましたけど、まさか治癒神よりもすごい神様の力を引き継いでたなんて……！　それは英雄にもなれますよね！」

「いやいや、大げさだよ」

たしかに《∞チートアビリティ》は強力なスキルだが、言ってしまえばそれ、い、い、それだけだ。

俺自身に剣の腕前があるわけではないし、強い魔法を使えるわけでもない。

ヴァルムンド王国ではスキル至上主義の思想が根付いていたが、他国ではそうでもないらしいからな。

この《∞チートアビリティ》の強さに頼りきるのではなく、俺自身もしっかりと強くなっていきたい……。

それが今の俺の目標だった。

仮にスキルが使用不可にでもなってしまったら、俺なんて何もできなくなってしまうからな。

「ふふ……そういう謙虚なところも含めて、アルフ様の魅力ということです♡」

と言って、うっとりした瞳で俺を見つめるシャーリー。

……もちろん、この目つきは思いっきり演技だ。

ほんとにこの女は、ヴァルムンド王国にいてもルズベルト帝国にいても変わらないな。

「こほん」

俺は咳払いをして無理やり話題を切り替えると、改めて二人を見渡して言った。

「お互いのことがわかったところで、これから何をどうしていこうか。ディスティーダ団長の居場所を突き止めつつ、レシアータの陰謀を食い止めるのが最終目標ではあるが……」

そしてそのためには、レシアータが今どこにいるのかを捜し当てなければならない。おそらくディスティーダ団長もそこにいるだろうしな。

「そうですね……。実を言えば、私たち《無限神教》もすでに動きだしてはいます。今回の襲撃事件が起きる前から、怪しげな挙動が見受けられていましたから」

真っ先にそう答えたのはシャーリー。

「とはいえ、現時点ではレシアータがどこに潜んでいるのか……まるで突き止められておりません。目ぼしい場所は捜しましたが、何一つ」

「《治癒神神聖教団》の元拠点にもいませんでしたか？」

「はい。残念ながら」

「そうですか……」

まあ、さすがにそんなわかりやすい場所にはいないか。

かなり狡猾（こうかつ）そうな男だったし、そう簡単には見つからない場所に潜んでいるような気がすると。

「…………う～ん……」

これまでの話を聞いていたリュシアが、顎に片手をあて、何事かを深く考え込んでいた。

「リュシアちゃん？　どうしたんです？」

「いえ……。私もパパから聞いた程度なんですが、《治癒神神聖教団》の拠点も、妖術によって見えにくくされていたようなんです。だから帝国政府の制圧が遅れてしまったのだと」

「妖術……」

「はい。その時は帝都近くの廃墟を拠点にしてたらしくて、被害者の多くが悔(くや)しがってたそうです。大事な娘がここで苦しんでたのに、自分は何も気づかずに素通りしてたって……」

「………」

かなり胸糞悪い話だが、たしかにあの男(レシアータ)が好んでやりそうなことだな。

何も見えない親が素通りしていくさまを、その子どもと共に喜んで眺めていそうな——そんなおぞましい光景が目に浮かんでくる。

「いや、待ってください」

ふいに脳裏にある予感がひらめき、俺はシャーリーを見つめて言う。

「多くの人が悔しがる場所を拠点にしてるっていうなら、またその〝帝都近くの廃墟〟を拠点にしている可能性はありませんか？　また妖術か何かで、見えないようにしているとか……」

「そうですね……。一応、目ぼしい場所はすべて妖術を解いたはずですが……あの男のことです。他の手で〝見えなくしている〟可能性もありますので、念のためその線で当たってみましょうか」

「はい。ぜひお願いします」

今回の襲撃においても、死者たちはいつのまにかそこにいた。

あれほど大勢の敵が襲い掛かってくるのなら、転移でもしてこない限り、事前に気づけるはずなんだよな。

しかし帝都の人間は誰も勘付いてさえいなかった。

それどころか、突如現れた死者たちにいいように蹂躙されていた……。

このことを鑑みても、帝都近くの拠点から一気に突撃をしかけてきた可能性は非常に高いだろう。

「場所が場所ですから、結果はすぐわかると思います。また追ってご報告しますので、すみませんがもうちょっとお待ちくださいね」


それから少しだけ雑談に花を咲かせたあと、シャーリーは部屋から出ていった。

やはり、さっきの〝帝都近くの拠点〟が気にかかるらしいな。こちらの調査は早いに越したことはないので、ひとまずは彼女に本件を任せることにした。

「え……っと、そしたら、私たちはどうしましょうか？」

しん、と。

静かになった室内で、シャーリーがそんなふうに話を切りだしてきた。

「そうだな……。むやみに動いても仕方ないし、今はゆっくり休んでおいたほうがいいと思う」

「や、休む……」

「そう。国境門での戦闘に、さっきの襲撃事件……。自覚はなくても、きっと気づかないところで疲労が蓄積してるだろうしな。ここは無理に動かず、しっかりと身体を休める……。これが大事だと思う」

まあ、ぶっちゃけると、全部誰かの受け売りだけどな。

剣帝候補として注目されていた頃は、連日のように多くの〝師匠〟が家にやってきた。メンタルの保ち方を指導する教師だったり、別流派の剣豪だったり、果ては高名な魔術師に至るまで……。

俺が立派なスキルを授かることを信じて、幼少期から父がたくさんの教育を施してくれたんだよな。

しかしながら――俺が授かったのは《外れスキル》。

結果的にはレイフォート家を追い出されてしまったが、しかし、あの時たくさんの教育を受けさせてくれたこと自体は感謝している。

招かれた〝師匠〟たちは、皆その筋では一流の人たちばかりだったからな。

指導を受けることはおろか、普通なら会うことさえ難しいレベルだっただろう。

「え、でも……アルフさん。休むってことは……」

しかしながらリュシアは、まだこの話に納得がいっていないようだった。

「それはつまり、アルフさんと私が、同じ部屋で寝るってことですよね……？」

「うん？　そ、そうだけど……それがどうした？」

「い、いえ、なんでもないんですけど……えっと……」

なんだ。

いったいどういうことだろうか。

昨日は同室になることをなんとも思っていなかったはずだが、やっぱり男と同じ空間になるのは嫌になったのか？

「気になるっていうんだったら、やっぱり別の部屋にするか？　この宿は無理でも、別々の宿に泊まれば……」

「い、いえ、違うんです！　そうじゃなくて……」

「？　なんだ？　別に遠慮しなくても、普通に出ていくが……」

「～～～～～～っ！　アルフさんの馬鹿！　わからずや！」

ドドドドドドドドドドドド!!

「わわわわっ！」

いきなりハルバードから銃弾を撃ち込まれ、俺は思わずその場で両足をばたつかせる。

「ば、馬鹿！　なんでいきなり撃ちだすんだよ！」

当たらないように照準はずらされていたが、いきなり銃をぶっ放す奴がいるか。

しかもさっき、死者たちによる襲撃があったばかりだというのに……。

「あの～、すみません、いかがなさいましたか……？」

銃声を聞きつけた宿のスタッフが、扉越しに声をかけてきてしまった。

さっきの銃声はかなり音が大きいので、無理もないだろう。

「ははは、すみません。もう一人の子がなんだか暴れ出しちゃって……。はははははは」

「はぁ、なるほど。そうでしたか……」

パラパラ、と扉の向こう側で紙のめくれる音がする。

あくまで予測でしかないが、この部屋の宿泊者情報を照会しているんだろうと思われる。

つまりは、男女の泊まっている部屋だと理解したんだろう。

「すみません、一応、さっき外で事件がありましたので……。念のため、部屋の中を確認させていただいてもよろしいですか？」

「は、はい、もちろんです」

俺の返事を確認して、扉を開けてスタッフが入ってきた。

「ふむ……」

スタッフは部屋を見回すと、最後に俺を見つめて言った。

「……わかりました。他のお客様のご迷惑になるようでしたら、場合によっては宿泊をお断りさせていただく場合もありますので……。何卒ご理解くださいませ」

「ははは……。すみません、ははは……」

「それでは、私は失礼いたします」

それだけ言うと静かに扉を閉めて、スタッフは部屋から出ていった。

宿泊者が男女であることが功を奏したようだな。

痴話喧嘩（ちわげんか）か何かだと思われたんだろう、たぶん。

どんな仕様になっているのかは不明だが、リュシアの撃った銃弾についても、部屋を傷つけてはいないようだからな。

「はぁ……」

俺は後頭部を掻いて身を翻すと、なんだかばつの悪そうな表情を浮かべているリュシアが目に入った。

「す、すみません……。なんだか、よくわかんないですけど、ついカッとなっちゃって……」

「そ、そうか……。気に障ったことを言ったなら謝るが、せめて銃を撃ちだすのはやめてくれ」

「はい……。ごめんなさい……」

急に恥ずかしがったり、激昂したり、かと思えばしおらしくなったり……。

本当、年頃の女の子は何を考えてるのかまったくわからんな。

嫌がられてはいなさそうなので、ひとまずは同じ部屋に泊まろうと思うが……。

と。そんな会話を繰り広げているうち、窓の外から威勢の良い声が届いてきた。

「君はあっちからお医者さん呼んできて～！　まだまだ助かりそうな人いるから」

「ここらへんで、いったん仮説テントを建てようか。怪我人を受け入れる場所が必要だ」

「したら、俺たちは建物の修復してようかね～。さあ、おまえら俺についてこい～」

気になって外を覗いてみたが、住民たちが帝都の復興に協力しているようだな。

帝国軍やギルドももちろん動いてはいるものの、彼らに任せきりにはせず、独自に動いているようだった。

医療を得意とする者、建築を得意とする者、調理を得意とする者、それらをとりまとめることを得意とする者……。

それぞれの得意分野を活かして、一丸となって街の復興に注力しているようだった。

「すごいですね……。あんな事件があったばかりなのに、みんな前向きで……」

いつの間にか隣に歩み寄ってきていたリュシアが、外の様子を眺めながらそう言った。

「ああ、そうだな……。身近な人が生き返って襲いかかってくるなんて、相当ショックなはずなのに」

「はい。私だったら、たぶん数日は落ち込んじゃってると思います」

そしてきっと——これこそが帝国民の強さなんだろう。

たとえ窮地に陥ったとしても、それで絶望に苛まれるだけじゃない。今できることを模索して、みんなで力を合わせて困難を乗り越えていく……。

そんなしたたかさが、帝国の人々からは感じられた。

「ヴァルムンド国内では、帝国に住む人を〝恐ろしい集団〟だと信じてる人も多い。けれど……やっぱり、みんなも俺たちと同じなんだよな」

「はい。自分だけの都合を考えるんじゃなくて、身近な人たちのことも考えて、その上で自分に何ができるか考える……。そんな強さがあると思います」

「ああ、その通りだ」

このあたりは、俺たちヴァルムンド王国民も見習うところだよな。

不安定な世界情勢に対して、得体の知れない恐怖感を抱いている者は本当に多い。

かのフレイヤ神が残した恐怖心は、やはり全世界の人々の心に根付いているからな。

それでも明るい未来を信じて、みんなで力を合わせて乗り越えていく……。

全世界の人々がその姿勢を持てれば、きっとこの情勢も打開していけるんじゃないか。俺はそう思い始めていた。

「そうだリュシア。一ついいこと思いついたんだが……」

「いいこと？　なんでしょうか？」

「街の復興、俺たちも手伝わないか？　帝国民じゃなくても、きっとできることはあると思う」

3

「すげぇなぁ、小さいのになんて働き者なんだ……」

「はいっ！　これくらいのことは里でやり慣れてますから！」

数時間後。

住民たちに合流した俺たちは、ひとまず資材の運び出しから行うことにした。

まずは負傷者の手当てが最優先だからな。

――一つでも多く仮設テントを作成し、負傷者を安静にさせる。そしてその上で、医療従事者たちに治療を任せる――。

今はこのような流れになっているようだった。

だからまずは、その第一段階たる仮説テントの建設を、俺たちが手伝っている形である。

たぶん、人並み以上に訓練してきたことが大きいんだろうな。俺もリュシアも、人並み以上の体力にまかせてテキパキ動くことができている。

特にリュシアはまだ十五歳なのに、重い資材を軽々と持ち上げているわけだしな。

住民たちに驚かれるのもごく当然のことと言えた。

「はは、アンタだって若いのに頑張ってるじゃないか。ひょっとして兵士より力持ちなんじゃないかい？」

と。

俺も資材を運んでいる最中、住民にそう声をかけられることがあった。

「いえいえ、そんな恐れ多いですよ。……中には、怪我してるのに復興を手伝ってる人もいるみたいだし」

「まあね。私たちルズベルト帝国の人間は、ずっと昔からそうしてきた。困ってる人がいたら手を差し伸べよ、ってね」

「はは……。そうでしたか」

なんだ。

今の言い方、なんだか俺の出自に気づいていそうな気がするが……。

「そういう意味じゃ、アンタも私たちと同じってことさね。馴染みのない帝都の人のために、こうやって手を貸してくれてんだから」

「は、ははは……」

こりゃ確定だな。

この人は俺の出身を気づいてはいるものの、そのうえで受け入れてくれている。

「だから感謝するよ。私たちを助けてくれてね」

「いやいや……、とんでもないことです」

……ほんと、俺たちヴァルムンド王国の住人とさして変わらないよな。

この住民だって、王都によくいる〝お節介おばさん〟と同じようなもの。はじめから距離を置く必要なんてなかったんじゃないかと、少しずつ思い始めていた。
その後も、俺とリュシアは資材運びを続行し——。
ひとまず休憩時間となったところで、俺はふと思い出したことがあった。

◎現在使えるチートアビリティ一覧
・神聖魔法　全使用可
・ヘイト操作
・煉獄剣の使用可
・無限剣の使用可
・管理画面《ステータス》の表示
・攻撃力の操作

現在使える能力の中で、たしか「管理画面《ステータス》の表示」だけ使ったことがないんだよな。
管理画面、そしてステータス……。

この言葉の意味を何度か考えてみたが、依然としてわからないままだ。

先に手に入れた《ヘイト操作》も最初は意味がわからなかったし、今回も一度使ってみるまでは、効果がわからないかもしれないな。

「アル……アールさん、どうしたんですか？」

一緒にベンチに座っているリュシアが、怪訝そうにそう訊ねてきた。

「いや、せっかくだから試したいことがあってね。念のため、俺から離れてもらえるか？」

「え………？　い、いいですけど」

「すまない。助かるよ」

リュシアが数歩離れたのを確認し、俺は胸中でこう唱えた。

――能力発動、管理画面《ステータス》の表示――

「おっと……？」

瞬間、俺の視界に見慣れぬものが表示された。

なんだろう……うまく表現できないが、人々の頭上に〝横線〟が浮かんでいるように見えるのだ。

そしてその横線の長さは、人によってまるで違う。

特にリュシアの頭上にある横線は、他人と比べてだいぶ長そうだな。

「リュシア。今、自分の頭上に横線が浮かんでるのが見えるか？」

「へ？　よ、横線ですか？」

不思議そうな表情を浮かべるリュシア。

顔を上に向けるも、得心のいかなそうな表情だった。

「い、いえ……。何も見えませんけど」

「そっか……。すまない、ありがとう」

となると、やはりこの横線は俺だけに見えているようだな。

つまり、これが《ステータス》っていうやつなのだろうか……？　いまいち理解が及ばない。

と。

「はぁ、はぁ……と、到着しました……！　ひとまず、どの方から診(み)ましょうか……？」

「すみません。今、なかなか混乱してまして……。ひとまず、あちらのテントに集めている重傷者から診てもらえると……」

「へ？　し、しかし、別のテントではより重傷の方がいたような……」

「あ、そうでしたか……！　すみません、私たち素人(しろうと)で……」

これは仮説テントで行われたやり取りだ。

おそらく遠方から医者が駆けつけてきて、状況を確認していたところだと思われる。

だが、やはり医療には詳しくない者が多いんだろうな。軽傷者と重傷者をうまく分けることができず、かなり混乱している様子が伝わってくる。

もちろん、俺とて医学にはてんで詳しくないからな。

ここは余計な口出しをするまいと思っていたのだが……。

「ん………？」

テントの奥に視線を向けると、やはり患者の頭上にも横線が浮かんでいる。

外にいる者たちと比べてその横線は極めて短く、さっきテントに入っていった医者は、その横線が短い者から優先して診察しているようだった。

「ま、まさか……」

俺の予想が正しければ、この横線が意味しているものは……。

「あ、あの、アールさん、本当にどうしたんですか……？」

「しっ。すまないがちょっと集中させてほしい」

その後もしばらく医者の動きを観察していたが、やはり間違いなさそうだ。

頭上の横線が示しているのは、おそらく残りの体力。

これが短ければ短いほど、急を要する事態に陥っているとみるのが自然だろう。

「ほいっさ、ほいっさ……」

「えっと〜、この方はどのテントに運べばいいですかね……？」

そして今も、タンカに乗せられた負傷者たちが運ばれてきた。

見ただけで重傷者とわかる場合ならいいが、やはり素人である以上、そのあたりを正確に判断できていなさそうだ。

今も横線が残りわずかな負傷者を軽症者と見なしているようだ。

「ひとまず、軽症者のテントへ連れていってください。辛そうですが、もっと多くのお医者さんを呼んでいますので……」

残念ながら治療優先度を判別できる医者は、重傷者の治療に専念していてこちらに力を割く余裕はない。

このままでは状況がさらに混乱しそうだ。

「あの、すみません。よろしければその役割、俺が代わりましょうか？」

「へ…………？」

さっきまで指示振りをしていた青年に声をかけると、案の定、目を丸くされた。

「なんだい君は。医療従事者かい？」

「いいえ、そうではないですけど……。でも、あなたもずっとここに立ちっぱなしでお辛いのではないですか？」

「む…………」

図星だったのか、青年が口を閉ざす。

「医療従事者じゃないとは言いましたが、まったく何もわからないわけではありません。どうかお手伝いさせてください」

「ふむ、わかった。今は猫の手も借りたいところだしな、むしろ助かるよ」

「ありがとうございます。精一杯頑張りますんで……！」

そう言って、俺はこの新能力を有効活用し、重傷者と軽症者をうまく振り分けていくのだった。

4

――二時間後。

「ふう、ひとまずは落ち着いたか……！」

広場にあるベンチにて、俺は青年と共に腰を落ち着けていた。

近くではリュシアや他の住民たち、休憩中の医者も寛いでいる。

「本当に助かったよ。アールくん、と言ったっけか。医療には携わっていないというが、すごい的確に指示振りをしてくれたみたいじゃないか」

自身の汗を拭いながら、青年が朗らかな笑みを浮かべて俺の背を叩く。

「たしか君は、さっきの襲撃時も兵士たちと戦ってくれてたよね。僕より若いのに、なんでもできるじゃないか」

「いえいえ、買いかぶりすぎですよ」

やはり新能力の「管理画面《ステータス》の表示」はかなり役に立ってくれた。

頭上に表示されている横線の長さを見て、軽症者か重傷者かを判断する……。このようにして負傷者たちを振り分けていったおかげで、医者たちもスムーズに診察できたようだ。医療現場では特に、診察に要するまでの時間が生死を分けるだろうしな。

今回は特殊なケースではあるものの、これは戦闘でも役立つ能力だと言えるだろう。

敵に囲まれた時、残り体力の少ない魔物から蹴散らしていくとか――今まではできなかったような、新しい戦い方ができると思われる。

「ふふ、でも実際に助かったよ。君のおかげで救われた命はいくつもある。私からも礼を言わせてくれたまえ」

次にそう告げてきたのは、白衣を纏った医者だった。

「やはり世界を救った英雄なだけあって、立派な洞察力と勇気を持ち合わせているようだね。ヴァルムンド王国出身――アルフ・レイフォート君」

「えっ…………」

思わぬ発言に、俺は思わず目を丸くする。

「ははは……。気づかれていましたか」

「当然だろう？　君は我が国を救った英雄でもあるからね」

そう言って快活な笑みを浮かべる医者。

いや――彼だけではない。

この場にいる人たちも最初からわかっていたのか、俺の名前を聞いても誰一人として動じていない。さっき俺に声をかけてきた住民だって、完全に俺の正体を悟っていたからな。

「す、すみません。余計なトラブルが起きたら大変なので、念のため変装してただけなんですが……」

「わかってるさ。君は死者たちに勇敢に立ち向かっただけじゃなく、今も帝都の復興に手を貸してくれている……。ここまでしてくれた人物を突き放すなんて、僕たちはそんな冷たい人間じゃないよ」

「………」

「もちろん、今の国際情勢は大変ではあるけどね。――でも、少なくとも僕らは君を歓迎したいと思っている。このことに嘘はないよ」

「あ………」

マ、マジか……。

かのフェルドリア国王は、完全にルズベルト帝国を滅ぼそうとしていたのに……。一歩間違えば、この国そのものがなくなっていたはずなのに……。

それでも俺を迎え入れてくれるなんて、どれだけ心が広いんだ。

「すまないな、アルフ・レイフォートよ」

戸惑っている俺に向けて、今度は別の人物が声をかけてきた。

銀色の甲冑を身に纏った兵士――おそらく、さっき皇城の手前を警護していた人物だ。

「我々の不遜な態度に、先ほどは不快な思いをしたかもしれんが……。まあ、あれも職務上必要なものでな。ルズベルト国内において、貴殿を悪く思っている者はそうおらんだろうよ。その点はどうか安心していただきたい」

「そ、そうなんですか……？」

「うむ。変装もする必要はないだろう」

こりゃ驚いた。

たしかにフレイヤ神を倒したっていう功績はあれど、こんなにも温かく受け入れてもらえるなんてな……。

おそらくだが、これが帝国の国民性なんだと思う。

辛い現実にただ打ちのめされるんじゃなくて、自分たちでもできることを考えて……。苦しんでいる人がいたら、国任せにするのではなく、率先して自分から助けにいって……。

そうした温かい国民性があるからこそ、俺を受け入れることさえできるんだろうな。

「リュシアちゃん、違うの。それはここが食べられるんだよ！」

「えええええ〜〜〜!?　その発想はなかったです！」

「あらあ。リュシアちゃん、レッショウガニって食べたことないの？」

「はいっ！　ずっと里暮らしでしたから！」

「へぇ〜！　里暮らしってどんな感じなの？」

見れば、リュシアも無事に住民たちと打ち解けているようだな。

彼女はかなり純朴な性格だから、人と仲良くなるのも早いのだろう。

「そうですね！　だいたい剣と銃を振り回してます！」

「へ、へぇ……！　なんか思ってたのと違うわね」

……純朴すぎるがゆえに、空気が読めないのは玉にキズか。

まあ、それでも住民たちは彼女を受け入れているようだし、特に問題ないだろう。

「皆さ〜ん！　聞いてくださ〜い！」

と。

中年の女性が広場へ走り寄ってくるなり、俺たちに向けて大きな声を張った。

「復興を手伝ってくれた皆さんへのお礼にと、都長がおいしい炊き出しを用意してくれました〜！

ぜひお越しくださ〜い〜〜〜！」

「おおっ、いいね！　炊き出しか！」

「わぁぁああ！　なんかおいしそうな匂いすると思ったんだよね」

一気に湧き出す住民たち。

たしかにぶっ通しの作業で結構疲れたし、ここで食事をいただけるのはかなり助かるよな。

「さあアルフ、君も一緒に行こう」

「は、はい。ありがとうございます…………！」

大勢の住民たちに囲まれながら、俺とリュシアは炊き出し会場へ向かうのだった。

――その日の夜。

「すう……すう……」

宿に戻ってきた俺とリュシアは、その日の疲れを癒すべく、それぞれのベッドで横になっていた。

時刻はもう二十三時。

「むにゃむにゃ……パパ……ママ……」

可愛らしい寝言を口にしながら寝返りをうつリュシア。

今日もいろいろあったからな。

彼女もさぞ疲れていることだろう。

――べ、別に、一緒のベッドで寝たいとは思ってないですからね!?――

急にこんなことを言い出した時はどうしようかと思ったが、今はすっかり静かなものだ。

「…………」

俺もベッドで寝返りをうちながら、今後の動きについて考える。

住民たちに受け入れてもらえたおかげで、帝都ではだいぶ動きやすくなった。

シャーリーもレシアータの動向を探ってくれていることだし、明日以降は、俺たちのほうでも聞き込み調査を行ってみるか……?

今日の様子だと、きっと協力的に応じてもらえそうだしな。

これも悪くない選択肢だろう。

「すや……すや……。パパ、早く、帰って、きて……」

隣のベッドでは、リュシアが切なげな寝言を喋っている。

「…………」

やっぱり、彼女にとっては気が気じゃないよな。

今日はたっぷり英気を養って、また明日以降、しっかりと活動していくとしよう。一刻も早くレシアータを倒し、ディスティーダ団長を見つけだすために。

そう考えながら、俺も眠りにつくのだった。

5

ガサゴソ、ガサゴソ……。

「ん………？」

ふいに妙な物音がして、俺は目を覚ました。

壁面にかけられた時計に目を向けると、まだ朝の四時。

朝から活動を開始するつもりではあったが、それにしても早すぎる時間だ。

いったいなんなんだ……？

そう思い、寝ぼけ眼をこすりながら音のした方向に目を向けると――。

「ア……ルフ、様……」

「………っ⁉」

闖入者の姿を確認した時、俺は眠気がすべて吹っ飛んだ。

――血まみれになった、無限神教の執行部。

彼が、身体を震わせながらベッドに歩み寄ってきたからだ。

「申し訳、ありません……。私たちでは、無理でした……」

「し、しっかりしてください！　大丈夫ですか⁉」

「してやられました……。《治癒神神聖教団》と、そしてレシアータ・バフェムに……」

「な、なんだって……!?」

「お願いします、アルフ様……。シャーリー様も捕らえられてしまい……。どうか、どうか……」

そこで執行部は俺に右手を突き出し――意識を失った。

死んではいないようだが、この重体だ。早く手当てをしないと取り返しのつかないことになる……!

「ん…………?」

そこで俺は気づいた。

突き出された執行部の右手に、しわくちゃになった紙が握り締められていることに。

> ハロー、アルフくん♪
>
> これを読んでるってことは、無限神教の信徒くんが無事に届けてくれたってことだね♡
>
> よしよし、それでその子はお役御免（ごめん）。
>
> 君がこの手紙を読んだ時点で、死ぬように妖術をしかけてあるからね――――。

「ぶほぁっ……！」

俺がそこまで文字を読んだところで、執行部がひときわ苦しそうな呻き声をあげた。

「だ、大丈夫ですか……!?」

急いで執行部の様子を確認すると――心臓の鼓動が完全に止まっていた。

手紙に記載されてある通り、俺に手紙を渡した時点でお役御免になったんだろう。

「あ、あの野郎……！」

怒りの炎が全身を駆け巡る。

――レシアータ・バフェム。

こいつはいったい、どれだけのクズ野郎なんだ……!!

あっはっはっは♪

もしかして、自分のせいで殺しちゃったのかもって思ってりゅ？

ピンポーン、正解♡

君がその執行部を殺したんだ。

怖いねえ、この人殺しぃ♪

――でもまあ、命の危機に瀕(ひん)しているのはその子だけじゃあない。

愚かにも拠点に潜入してきた、無限神教の教皇、シャーリー・ミロライド。
彼女は僕のほうで預かってある。
……ああ、安心しておくれよ。うっすら気づいてるかもしれないけれど、僕は女にはいっさいの興味がないからねぇ♡
どっちかっていうと、アルフ君と楽しい夜を送りたいくらいかな♡
君の可愛らしい顔、僕すっごくそそるんだよねぇ……。

おっと、話がずれちゃったね。

僕らが長年かけて行ってきた実験ももうすぐ終わって、そろそろ帝国の政権を握れるかなって段階になってきた。

でもさあ、な～んか君たちがまた邪魔してきそうだしねぇ。

だから最後の最後に、君たちを招待することにしたんだ♪


――朝の七時。

それまでに拠点に来て、僕たちの前に姿を現すこと。

もしそれができなかったら、シャーリーも殺しちゃうし、帝国もすべて僕のものにしちゃうからね♪

防ぎたかったら、一刻も早く来るといいよ！

もちろん、君らがとっても気になっているディスティーダ・エムリオットのことを知る大チャンスでもあるからね！

それじゃ、待ってるよ♪
P.S. 拠点の場所はもうだいたい察していると思うけど、地図に記してあげたからね♪

「ぐ…………！」

なんということだ。

あの男、まさかシャーリーを人質に取った挙げ句、帝国そのものを支配しようとするとは……！

「あ、あの、アルフさん……？」

その時、背後からリュシアが声をかけてきた。

突然の事態に困惑しているのか、ずいぶんとか細い声だ。

「こ、これは、いったい、どういうことですか……？」

「ああ。ちょっと衝撃的な話だが……リュシアには見せないわけにはいかないか」

「え…………？」

目をぱちくりさせているリュシアに、俺はレシアータからの手紙を見せる。

「こ、これは、酷い……！」

数秒後、すべての文に目を通したリュシアは、同じく怒りに染まったような声をあげた。

「君らがとっても気になっているディスティーダ・エムリオットって……。ほんと、人を馬鹿にしているとしか思えません……！」

「まったくだ。ある意味じゃ、あのフェルドリア国王よりもさらに質が悪いと言えるだろうな……」

シャーリーを殺し、さらに帝国全土を支配する。

にわかには信じがたい話だが、しかし相手はあのレシアータ・バフェムだ。

シャーリーを殺すくらいなんとも思わない奴だろうし、治癒神の力を使用すれば、たしかに帝国そのものを手中に収めることも可能だろう。

レシアータが指定してきた時間まで、もはや一刻の猶予も許されない緊急事態だ。

手紙の端に目を向けると、たしかに小さく地図が記されているな。帝都の門を出てすぐに洞窟があるらしく、星マークがついていて、そこが拠点なのだと思われる。

まさか、本当に帝都近くに拠点を構えていたとはな……。

性格が悪いのを通り越して、もはや薄気味悪ささえ感じる奴だ。

「時間が惜しい。準備が終わり次第、すぐに拠点に向かうぞ」

「ヤー!!」

俺の言葉を受けて、リュシアは元気にそう返事するのだった。

もちろん執行部の遺体をこのままにするわけにはいかないので、以前もらった宝石で別の執行部のメンバーを呼び、あとの対応は任せることにした。

「な、何これ……！」

宿を飛び出した途端、リュシアが悲痛な声をあげた。

「くそ……！　これもレシアータの仕業か……！」

俺もやはり、目の前の光景に悪態をつかずにはいられない。

――そう。

宿の前の通りには、なぜだか多くの魔物で溢れ返っていた。

ブラックウルフやデッドリーゾンビなど、ほとんどは夜間に活発になる魔物ばかり。帝都の外周は厳重な警護が敷かれているはずだから、おそらくはこれも、レシアータの妖術でここに転移してきたということか……。

「グルルルルルル……」

「バウウウ……」

しかも全員、俺たちに明確な敵意を示しているな。

時間制限がある手前、あまりこいつらに時間をかけたくないんだが……。しかしこのままでは、住民たちにも被害が及んでしまう。

ここは戦うしかないか……。

そう判断し、俺とリュシアは武器を手に取ったが――。

「おおおおおおっ！」

ふいに背後から声が聞こえ、俺は目を丸くした。

この声。まさか――！

「くたばれ！　ウルゼルダ流、裂炎撃（れつえんげき）！」

どこからともなく姿を現した帝国軍の兵士が、俺の代わりに魔物の群れに突っ込んでいく。

――ドォォォォン！

「ギャオオオオン!?」

「グァァアアアア……！」

炎を纏った兵士の剣が魔物たちに襲いかかり、敵の群れにわずかな穴があく。

「アルフ殿！　ここの守りは我らにお任せあれ！」

「え…………？」

「事情は聞かずともわかる！　貴殿らにはやることがあるのだろう！　ならば今こそ我らは、最大限、貴殿らに協力するまで！」

兵士がそう宣言した、次の瞬間。

次から次へと多くの兵士がこの場に現れ、通りを埋めつくす魔物たちと戦い始めた。

さすがに帝都を警備しているだけあって、一人一人の練度はかなり高いようだな。

さして苦戦するまでもなく、魔物たちを一方的に倒し続けている。

「さあ行くのだ！　我々は信じている！　貴殿の進む道が、世界の平和に繋がることを！」

「…………っ」

その言葉を受けて、俺は右拳を強く握り締める。

――俺はしょせん、剣豪になれなかった落ちこぼれ。

――世界を救いたいとか、多くの人を助けたいとか、そんな大層なことを考えるつもりはない。

――けれど、今この時だけは……！

「わかりました！　必ずこの異変を止めて帰ってきます！　皆さんもどうかご無事で……！」

ぐいっ、と。

俺の言葉を受けて、兵士が親指を突き出してきた。

俺もその兵士に深く頷きかけると、魔物の間をすり抜けて、《治癒神神聖教団》の拠点へと向かうのだった。


その後にも大勢の魔物が俺たちの前に立ちふさがってきた。

けれど――。

「ほら行きな！　私たちだってね、多少の修羅場には慣れてるんだよ！」

「大丈夫だ！　俺らはうまいことこの場から避難する！　おまえさんたちはとっとと先に行け！」

俺たちに協力してくれるのは、兵士だけではなかった。

非戦闘員であるはずの住民たちでさえ、火薬瓶を魔物たちに放り投げたり、自前の武器を用いてなんとか魔物たちと善戦を繰り広げたり、思わぬ活躍を見せてくれていた。

「私にゃわかってるよ！　あんたたちは今、この状況を打開するために動いてるんだろう！」

「…………」

「だったら細かいことは気にしなくていいさね！　この場は私たちに任せな！」

「み、皆さん……」

彼らは日頃から戦闘に身を置いている者たちではないだろう。

ゆえに、さすがに兵士たちほどはうまく戦えていないが――。

「アルフさん！　後方から兵士数名の気配を確認！　この場は大丈夫そうです！」

「ああ……。ここはみんなに任せるとしよう」

俺はリュシアの声に頷きかけると、改めて帝都の住民らに声を投げかけた。

「すみません、この場はお願いします！　俺たちはどうにか、この事件の元凶を倒してきますから……！」

「はっはっは！　頼んだよ、二人とも！」

住民たちが快活に笑うのに合わせて、俺とリュシアはそのまま帝都の門へと疾駆を開始。

《∞チートアビリティ》を使用すれば魔物たちを倒すことはできたと思うが、しかし、それにしたって数が多すぎる。

時間は確実に奪われたはずなので、彼らが協力してくれて助かった。

――ルズベルト帝国の住民は冷酷でも人でなしでもない。

――無暗やたらとヴァルムンド王国を敵対視しているわけでもない。

ヴァルムンド王国の人々と同じように、温かい心を持った人たちで溢れている。

敵拠点への道のりを駆け抜けながら、俺は一人、そんなことを考えるのだった。

最終章　外れスキル所持者、帝国の命運をも変える

1

それから約十分後。

「ここが……《治癒神神聖教団》の拠点……」

目前に広がっている光景に、俺は思わず息を呑み込んだ。

――赤茶色の大理石で形成された、巨大な神殿。

《治癒神神聖教団》の拠点を一言で表すのならば、そうした表現が適切だろうか。

帝都周辺には本来、強い魔物はうろついていないと聞いたが――この神殿周りに限ってはそうではない。

人間の頭部に牛の胴体を組み合わせたような半身半獣の悪魔や、球体の中に巨大な一つ目だけが浮かんでいる悪魔など……見るもおぞましい魔物たちが徘徊（はいかい）していた。

こんな目立つ場所、普通なら馬車に乗っている最中に気づくはずだ。

それでもまったく気づけなかったあたり、やはりレシアータの妖術が効いていたんだろう。それが今解除されているということは、もしかしてシャーリーをはじめとする無限神教がうまくやってくれたのか……？

「アルフさん、あの辺りから不気味な気配を感じませんか……？」

「ああ……俺もまったく同じことを思った」

リュシアが指差した方向には、特に異様な妖気を放つ地下階段がある。

他の場所からは〝魔物の気配〟しか感じられないため、おそらくはそこに、かのレシアータが待ち受けているんだろう。

「うっ………」

ぶるぶるっと。

地下階段を見つめているうち、リュシアがその身を震わせた。

「その先に、あの男（レシアータ）がいるんですね……。そしてたぶん、私のパパも……」

「リュシア……」

小刻みに震える彼女の頭を、俺は優しく撫でてみせる。

「大丈夫だ。いざという時は、俺がリュシアを守る。だからどうか、あまり気負いすぎないでくれ」

「ア、アルフさん……」

リュシアの頬が赤く染められる。

「はいっ……！　私もまだまだ未熟ですが、精一杯、アルフさんと一緒に戦い抜いてみせます！」

「はは、その意気だ」

相手は治癒神の力を再現している男――レシアータ・バフェム。

フレイヤ神もかなりの強敵だったが、今回もまたかなりの苦戦を強いられることが予測される。何度でも死者を蘇らせるばかりか、その死者たちの意思を自由に操れるわけだからな。

フレイヤ神とはまた違った意味で、手強い相手だと言えるだろう。

それでも――俺は引くつもりはない。

俺を信じて道を切り開いてくれたルズベルト帝国の兵士や住民たちのためにも、シャーリーを救うためにも、そして何より、ディスティーダ団長を追ってここまで頑張ってきたリュシアのためにも。

「……これが正真正銘の正念場となるだろう。気合を入れていくぞ、リュシア！」

「ヤー!!」

俺の発破に対し、リュシアも威勢の良い返事をするのだった。

地下階段を降りた先には、なんとも面妖な空間が広がっていた。

細長い通路が一直線に伸びており、全体的に薄暗くて先が見通しにくい。

等間隔で壁面に設置されている蝋燭の他は、まったくと言っていいほど光源がないからな。

魔物がそこら中で徘徊しているのも含めて、なかなか踏破しにくい迷宮と言えるだろう。

だが、リュシアとも力を合わせ、迫りくる魔物たちを返り討ちにし、着々と先に進んでいった。

俺が今まで相対してきた敵と比べれば強敵揃いではあったが、だとしても、こちらには《∞チートアビリティ》というスキルがあるからな。

かつてフレイヤ神をも倒したこのスキルがあれば、さして苦戦することもない。

「やあああああああああっ！」

加えてリュシアのほうも気合十分。

押し寄せてくる魔物たちに怯むことなく、強靭たる意思をもって立ち向かっている。

彼女の力も合わせれば、道中の魔物たちに苦戦を強いられる道理はなかった。

ゆえに、このまま順調に最下層に到達すると思われたのだが――。

「あれ、お姉ちゃん……？」

ふいにか細い声に呼び止められ、俺たちは足を止める。

なんだ。

どこか少年のような声だったが……。

「あ、ほんとにお姉ちゃんだ。そうだよね、リュシアお姉ちゃんだよネ！」

「え………？」

きょとんと立ちすくむリュシアの先には――ヘドロ型の魔物、ドロリュートがいた。

全身が灰色のヘドロで形成されており、頭部には目と口を思わせる空洞と、あとは両腕と思わしき突起物があるだけ。

さっき聞こえてきたのは可愛らしい子どもの声だったが……しかし、それを発しているのは紛れもなく魔物だった。

「ま、待って……。その声まさか、ケント？」

「そ、そうそウ！　そうだヨ！　やった、やっと会えたんだネ！」

「…………」

「リュシア、これは……」

ぐっと黙りこくる彼女の隣に並び、俺は小声で問いかける。

「……これも、当時から《治癒神神聖教団》が完成させようとしていた実験です。殺した人間の、肉体の一部を再生して――人間だった頃よりもずっと強力な戦闘力を与える。そんなおぞましい実験です」

「ちっ……、そうだったか……」

なんてむごい話なんだ。

おそらくルズベルト帝国の国力を強化するのが狙いだと思うが、こんなことして何になる。

多くの犠牲の上に成り立つ平和なんて――そんなのまやかしでしかないのに。

「エ……。リュシアお姉ちゃん、なんでそんな男の人と一緒にいるの？　レシアータ様が言ってたよ？　その男の人を、見つけ次第コロセって……」

「ケ、ケント………」

「オイ！　ソコの男、ソコをドケ！　リュシアお姉ちゃんは、僕が守るんダ！　オマエなんかの好きにはさせないッ！」

「っ………」

ケントの叫び声に対し、リュシアは強く歯がみすると。

「ごめんね、ケント……。君が悪くないのはわかってる。だけど……」

そう言ってハルバードを握ろうとするも、その身体が震えているのが伝わってきた。

——親しい仲だったんだろうな。

たとえおぞましい魔物の姿になったとて、それでも、簡単には破れない友情があるんだろう。

「……リュシア、無理しなくていい。ここは俺に」

「え………？」

リュシアが目を見開いたその瞬間には、俺は勢いよく地面を蹴り。

ケントと呼ばれる魔物の胸部を、剣で思いっきり突き刺した。

周囲を徘徊している魔物と比べれば、ドロリュートはそれほど強敵ではない。《∞チートアビリティ》の《無限剣の使用可》を開放せずとも、容易に打ち破れる相手だった。

「ガァ、ガァ……。ソ、ソンナ……」

胴体に大きな穴を開けられたドロリュースト——改めケント。

彼はずるずると後方によろめくと、憎々(にくにく)しげな声を俺に向けて発した。

「許さない……。許サナイ許サナイ許サナイ許サナイ許サナイ許サナイ許サナイ許サナイ許サナイ許サナイ許サナイ許サナイ許サナイ！　僕の大好きなリュシアお姉ちゃんから、ゼンブを奪い取って……！」

「ごめんな。一つだけ言えることは、君はまったく悪くない。恨むなら……精一杯、俺を恨むといい」

「ヤダ……。死にたくナイ、死にたくナイヨォ。リュシアお姉ちゃん、助けテ助けテ助けテ助けテ助けテ助けテ助けテ助けテ助けテ助けテ助けテヨォォオオオオ………ァ」

「ケ、ケント………！」

リュシアがそう言って右手を差し出した頃には、もう遅かった。

ケントは最期に悲痛なる雄叫びをあげると、その肉体が少しずつ床に溶けて消えていくのだった。

「う、うぁあああああああ！」

ケントが消えていくさまを見て、リュシアも大きな泣き声をあげていた。

――数分後。

幾分か落ち着きを取り戻した彼女は、奥に進む間にケントとの関係を少しずつ語ってくれた。

「アルフさんのことですから、だいたい察してると思いますけど……。あの子は、施設にいた時に仲良かった男の子でした。私と同じように毎日酷い暴力を受けてたはずなのに、あの子だけは、いつも元気で明るくて……」

わずかな自由時間で、施設内にあった本を読み合ったり。

大人たちから貰ったお菓子を、二人で分け合ったり。

仲良くなった理由は「たまたま同じ部屋に住まわされたから」のようではあるが、だからこそ、ケントと関わる時間も多かった。

彼と一緒に遊ぶ時間だけが、毎日の楽しみになっていた。

「だから私、パパに聞いたんです。施設に攻撃をしかけた時、私よりちょっと小さいくらいの男の子がいなかったかって。頬に大きな刀傷があるから、たぶんすぐわかるはずだからって……」

地下通路を歩きながら、リュシアは弱々しい声で話を続ける。

「でも、後日捜しに行っても見つかんなかったらしくて……。一部の幹部が逃げた時、子どもも連れていったようだから、もしかしたらその子かもって……」

「なるほど。そういうことだったのか……」

そしてやっと再会を果たせたと思ったら、あのように代わり果てた姿になっていたと……。

言葉遣いが幼かったので、おそらくだいぶ前に《実験》の餌食になっていたんだろうな。そして
あの様子を見るに……ケント自身も、リュシアとの再会を待ち望んでいたんだろう。

「私、本当に許せないです。十年前はこれが当たり前の世界でしたが、あれから《闇夜の黒獅子》に入って、世界の常識を学んで……改めて、レシアータが酷い人なんだって気づきました」

「リュシア……」

リュシアの話を聞きながら通路を進んだことで、少しずつこの地下通路の全容が掴めてきた。

ところどころにある鉄格子の部屋や、骸骨化した死体、そして地面のあちこちにこびりついている血痕。

この場所こそが、かつてリュシアたちが《治癒神神聖教団》から虐待を受けてきた場所である――。

リュシアの前なので口には出さないが、そう結論づけるのにそう時間はかからなかった。

だからこそわかる。

彼女が救出されるまで、どれだけ辛い目に遭ってきたのか。

そして奥で待ち受けているレシアータ・バフェムが、どれだけ極悪非道な人物なのか。

俺も《外れスキル》を授かったことで実家から追放され、それなりに理不尽な目に遭ってきたと思っていたが——なんてことはない。

彼女のほうがよっぽど深い傷を負い、多くのものを背負っている。

リュシアから父親捜索の依頼を受けた身として、俺こそ頑張っていかないとな。

「一緒に乗り越えていこう、リュシア。どれだけ相手が手強くても、あの男(レシアータ)だけは、絶対に野放しにはできない」

「はい……！　私も、もう怯えません。これから戦うことになる相手が、たとえトラウマの元凶であろうとも……！」

そう宣言するリュシアの瞳には、強い光が宿っていた。

——地下通路に入ってから、およそ一時間。

「あ、あそこ……！　アルフさん、あそこです！」

地下通路の終着点が見えてくるのだった。

2

治癒神神聖教団。その地下通路の終着点にて。

今までは薄暗い通路ばかりが続いてきたが、最後の部屋だけは異様に明るかった。

最奥部分には治癒神を祀る祭壇があり、その両端では青色の焔が怪しげな雰囲気を放っている。

そして壁面に貼られているのは――おそらく《治癒神神聖教団》のスローガンだろうか。


――旧きルズベルトの魂を呼び戻せ！

――かつてルズベルトを見守っていた治癒神の力を取り戻し、再び帝国に栄光を！

――新しき軟弱な慣習は徹底的に破壊せよ！


主張の激しい垂れ幕が各所に貼られており、これだけでも偏った思想が垣間見える。

フレイヤ神は主にヴァルムンド王国に肩入れしていたが、治癒神に関しては、ここルズベルト帝国を重点的に見守り続けていたんだよな。

その古き時代を取り戻そうというのが、《治癒神神聖教団》の考えということか。

そして現在、その教団のトップに立つ極悪人こそが――。

「やあ、二人とも♡　やっぱり障害を突破してきたか」

祭壇の前に立つ、現《治癒神神聖教団》の最高責任者――レシアータ・バフェムが、くるりとこちらを振り向いて言った。

「教団のメンバーや、実験によって生み出した悪魔たち……。彼らを討ち破るのは簡単じゃなかったと思うけど、さすがは《∞の神》の力を受け継いでいるだけあるね♡　イラっとするほど強いわけだ。呼びだしておいて正解だったよ♠」

……やはりか。

俺たちだけを呼び寄せたのは、レシアータにとって俺たちが邪魔だったからのようだ。

教団の作戦を実行に移す前に、先んじて俺とリュシアを始末する……。これが目的だと思われる。

「レシアータ……」

「あっはっは！　そう怖い顔しないでよ♡　手紙に書いた通り、女の身体には一ミリも興味がない。あそこのシャーリー・ミロライドにはまったく触れていないからさ♪」

と言ってレシアータが手を向けた先には、壁に磔（はりつけ）になったシャーリーの姿。

「シャ、シャーリーさん……！」

思わず叫んでしまったが、レシアータの言う通り、酷い傷を負わされたわけではなさそうだな。

激戦の末に敗北し、そのまま壁に捕らえられたような――そんな様子が伝わってくる。

とはいえ、彼女は気絶しているようだからな。

一刻も早く連れて帰って、念のため医者に診てもらわねばならないだろう。

そして――気になるのはシャーリーだけじゃない。

「レシアータ・バフェム！　パパが――ディスティーダ団長が〝治癒神に会いに行った〟こともわかっています！　これまでの言動も含めて、あなたなら何か知っているでしょう！」

「おや……？」

リュシアの大声を受けて、レシアータがわずかながら目を見開く。

「こりゃ驚いたねぇ。十年前は僕を見ただけですっかり怯えきっていたのに……まさか君のほうから啖呵を切ってくるなんてね。アルフ君と一緒にいて、君自身も見違えるほどに成長したわけだ」

♠

「はぐらかさないでください！　質問してるのはこっちのほうです！」

そう言って、リュシアはレシアータにハルバードの切っ先を向ける。

国境門や街中で相対してきたレシアータは思念体の姿だったが、今目の前にいるこいつは紛れもなく実体。

ここでリュシアが攻撃を仕掛けたら、レシアータにも看過できぬダメージが通るだろう。

「ははは、そう怒らないでくれよ。君から言われなくても、僕のほうから《感動の再会》のシナリオを用意していたんだからさ♪」

「感動の、再会……？」

「そうそう♡　まあ、説明するより見たほうが早いでしょ。ほ～ら♪」

そう言いつつ、レシアータがパチンと指を鳴らす。

ゴゴゴゴゴゴゴゴ……！　と。

重々しい音をたてながら、壁面の一部が横にずれていく。どうやら壁の一部が〝隠し扉〟になっていたようだな。

そして、その壁面の奥にいた人物こそが――。

「リュ、リュシア……？　リュシアなのか……？」

「え？　パ、パパ……!?」

――そう。

最強の傭兵団、《闇夜の黒獅子》団長……ディスティーダ・エムリオット。

かつて俺の父でさえ怖れていた傭兵が、目の前にいたのである。

「パパ、パパぁ――――！」

一気に緊張の糸が切れたのかもしれない。

リュシアは一目散にディスティーダのもとに駆け寄り、その胸に抱き着く。

「い、今までどうしていたのさ……！　ずっとずっと捜し続けて、団のみんなも心配してたのに……」

「はは、こりゃ驚いたな。まさかおまえさんのほうから迎えに来るとは……思いもよらなかったぞ」

「そ、そうだよ……！　私だって成長したんだよ……！」

「ああ、そうだな。おまえさんの成長は――見ただけではっきり伝わってくるさ」

そう言って人の良い笑みを浮かべるディスティーダ。

筋骨隆々(きんこつりゅうりゅう)な肉体に、首のあたりで一つに束ねる長髪、刀傷によって塞がれた片目……。

俺が父から聞かされてきた、ディスティーダ・エムリオットの風貌そのままだ。

さっきのケントのように、不穏な気配も感じられない。

いや、それどころか、隙一つない洗練された気配がびんびんに伝わってくるな。

あのレシアータのことだ、簡単には再会させるはずもないと思っていたが――あの男性は、紛れもなく団長本人だろう。

「なるほど。どうして娘が一人で来られたのかと思えば、あなたの力添えでしたか。アルフ・レイフォート殿」

そんな思索を巡らせていると、ふいにディスティーダ団長がそう声をかけてきた。

「ははは……。恐れ多いですね。俺の名前もご存じでしたか」

「当然でしょう。俺も含め、団員の奴らも奮起しておりました。フレイヤ神と戦っている映像を見て、いつかアルフ殿と戦ってみたい、喧嘩(けんか)をふっかけてみたい……とね」

「いや、ちょっとそれは遠慮したいんですが……」

後頭部を掻き、俺は苦笑を浮かべる。

「――それにしても、いったいどうされたんですか？　《闇夜の黒獅子》の団長ともあろうお方が、こんな所で……」

「ええ、それは俺も不思議に思っているところです」

そこでふいに、ディスティーダ団長の鋭い視線がレシアータに突き刺さる。

「何しろ帝国に着いた途端、その男が率いる不気味な集団に襲われましてね。幻覚だと信じたいですが、かつて帝国で大活躍していたという剣豪たちが大勢いました」

「………」

なるほど、そういうことか。

昨日の襲撃事件で嫌というほど思い知ったが、レシアータは治癒神の力を再現することができる。

つまりは、死者の蘇生をも可能にする。

そこで過去の偉人を配下にされてしまえば、いかに最強の傭兵といえども苦戦は免れないだろう。

それどころか、思わぬ奇襲でうまく力を発揮できなかった可能性も高い。

「そこで不覚にも、俺たちはその男に捕らえられ……。不思議なことですが、そこからの記憶がまったくないのです」

「そうですか……」

記憶が欠落しているのは気にかかるな。

いったい何があったのだろうか。

「──そんなことよりも、おい、てめぇ」

と。

俺に対しては柔らかかったディスティーダの態度が、レシアータに視線を向けられた途端、野蛮な男のそれに変貌した。

「てめぇの能力や目的は、この際どうでもいい。だが俺に襲撃を仕掛けてきた時、他にも十名の団員がいただろうよ。そいつらはどうした？」

「エッヘッヘ……。アハハハ」

しかしレシアータはそれには答えず、ただ不気味に笑うのみ。

……というか、いったいどうしたのだろうか。

もとより性悪な男だとは思っていたが、今まであいつが浮かべてきたどんな笑顔よりも、より醜悪な表情だぞ。

「……おい、何ヘラヘラしてやがる。場合によっちゃ、今すぐてめぇの首を掻っ切ってもいいんだぞ？」

「アッヒャッヒャッヒャ！　何を馬鹿言ってるのか、僕にはさっぱりわからないねぇ！　《闇夜の黒獅子》の団員たちは、僕が楽しく悪魔に変えさせてもらってね……。そこにいる二人が、何もわからないまま殺しちゃったんだよぉ？」

「え……？」

「な、なんだって……？」

思わぬ発言に、俺とリュシアが同時に目を見開く。

「嘘……？　私が、殺したの？　団のみんなを……？」

「ヒャヒャヒャ、そういうことだよ！　特にリュシアは、絶対団長に会うっていう気概がすごかったからねぇ！　その気概が実は、自分の仲間たちを殺していたんだよぉ！」

「おいリュシア、しっかりしろ！　奴の言葉に呑まれるな！」

その場に崩れ落ちるリュシアを、ディスティーダ団長が力強く抱きとめる。

「アハハハハハハハハハ！　アッハッハッハッハッハ!!」

そんな彼女の様子が面白いのか、レシアータはひたすら高笑いを発し続けるのみ。

「アーヒャヒャッヒャッヒャ！　これは傑作だ！　めちゃくちゃ面白いよぉ！　あっはははははははは！」

「おい、何がおかしいんだクソガキが！　何度もリュシアをいたぶってくれやがって！」

「アヒャヒャヒャ！　違う違う、感心してるんだよ！　真っ先に殺されたのは自分なのに、他の団員と比べて自我が明確に残ってるんだからさ！」

「は……？」

レシアータの言葉に、ディスティーダが大きく目を見開く。

……いや。

待て。

ちょっと待て。

あいつは今、なんと言った？

――真っ先に殺されたのは自分なのに、他の団員と比べて自我が明確に残ってるんだからさ！

まさか。

嘘だろ？

こんなにリュシアが頑張ってきたのに、こんなやるせない結末があるのか？

「けれどまあ、そろそろ限界なんじゃない？　君に仕掛けたのは特大の精神汚染魔法。他の団員たちとは比べ物にならないくらい、美しく、かっこよく、頼もしい魔王に変身するんだからさぁ！」

「ふざけてんじゃねえ！　俺がてめぇなんかに……がっ……！」

途端、ディスティーダが自身の頭を抱え始める。

さっきまではあんなに強気だった態度が、一転、苦しそうに悶絶し始める。

「ぐあ……ぐあああ……！　てめぇ、いったい、何をしやがった……！」

「あははははははは！　そんなこと、君が知る必要なんてないよ！　だってもう、君は死んでいるんだから♡」

「え……、え？　パパ、どうしたの？」

悶え続けるディスティーダ団長に、リュシアはすがるように抱き着こうとする。

「いやだ！　だってパパは強いもん！　あいつに何されたって、パパなら負けるわけないって……信じてるもんっ!!」

「だ、駄目だリュシア……。俺から、俺から離れろ……。殺されるぞ………」

「やだやだやだやだ！　パパ、パパぁぁぁぁぁぁぁぁぁあああ！」

「すまねえ。世界最強の傭兵と言われた俺が、俺が、くっそぉぉおおお……！」

瞬間、ディスティーダ団長から眩いばかりの光が放たれた。

「リュシア！」

俺は咄嗟に駆け出し、リュシアを抱きかかえる。

そしてその場でバックステップをし、そのまま元いた位置に戻った。

ここはなんとしても彼女をディスティーダ団長から遠ざけないと、彼女まで危険な目に遭ってしまう……。そんな直感が働いての行動だった。

果たしてそれは正しかったようだ。

「う、そ、でしょ……？」

光が収まった頃には、ディスティーダ団長は見るもおぞましい姿に変わり果てていた。

まず特筆すべきはその大きさか。

かつてのフレイヤ神ほどではないにしても、俺たちを軽く踏み潰せそうなほどの巨体に変身している。

髪にあたる部分には濃緑の蛇がひしめきあい、目にもまるで生気がない。

錆付いたような赤茶色の胴体に、八本もの太い腕……。

レシアータはさっき《魔王に変身する》と言っていたが、さながらそれも間違っていない。それこそ人の身では絶対に勝てない圧倒的存在が、目の前にいた。

「はいは〜〜い、注目ぅ〜〜♡」

呆気に取られる俺たちに対し、唯一、レシアータだけが楽しそうに拍手をしていた。

「あれは魔王ゼルリアド＝フェドゼイオン。四千年前に帝国を恐怖に陥れた、最強最悪の魔王さ。しかもその依代（よりしろ）になっているのが、世界最強クラスのディスティーダ団長だからねぇ……。もしかしなくても、当時より強くなってるんじゃないの？」

「ちっ……！」

レシアータの言葉に同意するのは癪（しゃく）だが、実際その通りだ。

四千年前、魔王は剣王を名乗る勇者に殺されたらしいが……。今、目の前にいるゼルリアド＝フェドゼイオンは、昨日戦った剣王よりも数段強い。

その理由もきっと、ディスティーダ団長が依代になっているからだろう。

「うっ……うっ……パパ、パパぁ……」

そして彼の娘たるリュシアは、俺の腕の中で泣いていた。

無理もないだろう。

――およそ十年前、残虐的な教団からディスティーダ団長に救われて。

――急にいなくなったディスティーダ団長に会うために、わざわざ俺の家まで訪れて。

――その団長が実は亡くなっていたというだけでなく、こんな化け物にさせられて……。

あまりにも残酷な結末だ。

さすがに俺もかける言葉が見つからない。

「ガァァアアアアアアア!!」

そして当のディスティーダ団長――否、魔王ゼルリアドは、我を忘れておぞましい雄叫びをあげるのみ。

「あははははははははは！　いいねいいねぇ！　最高だよディスティーダ団長♡　君が僕に従ってさえくれれば、帝国どころか、世界をも手中に収められるだろうねぇ！　あはははははははははは！♠」

「ぐっ………………！」

悔しいが、実際その通りだろう。

レシアータ本人も突出した強さを誇っているし、数え尽くせないほどの死者の軍勢や、当時よりも強くなった魔王ゼルリアド――。

これだけの戦力があるならば、その魔手（ましゅ）を世界全土にまで広げていけるはず。

――かくして、英雄の手によりフレイヤ神は打ち倒されることになる――

――しかしながらその一方で、世界の崩壊は着々と近づきゆく――

――歴史の強制力は揺るがない。たとえ迷路の中途にて行き先を変えたとて、辿りつく未来はしょせん同様のもの――

――世界を支配せし邪神たちが再び猛威をふるい、世界を混沌の闇に包むだろう――

――人々は己の無力さに打ちひしがれ、絶望に呑み込まれることとなろう――

かつてラミアが見せてくれた《エストリア大陸の詩》の中に、このような記述があった。

たしかにフレイヤ神を倒したことで一件落着はしたが、それは仮初めの平和でしかなかった。ルズベルト帝国においても、こんなにも恐ろしい陰謀を企てている人物がいるのだから。

そして――。

「グォアアアアアアアア……！」

「ブルルルルルルルルルル……！」

「ギュオオオオオオ……！」

おそらく、レシアータによって召喚されたんだろう。

奇妙な声をあげながら、今度は大勢の死者たちが姿を現した。

昨日の襲撃事件にて、彼らは深い傷を負ったはずだが――やはり治癒神の力によって完全回復したのだろう。彼らの身体に傷はなく、むしろ元気そうにしている。

「ははは……。まずいな、これは……」

状況はかなり絶望的だ。

レシアータ、魔王ゼルリアド、そして無数の死者たち……。

これほど厄介な敵たちに囲まれてしまったとなると、《∞チートアビリティ》をもってしても、無事には切り抜けられないだろう。

だったらせめて、リュシアだけでも無事に帰すしかないか……。

「……せないでください」

「ん…………？」

その時だった。

リュシアがゆっくり地面に足をつけたかと思うと、なんとハルバードを構え、その切っ先を魔王ゼルリアドに向けるではないか。

「笑わせないでください！　パパ……ディスティーダ団長っ!!」

「グオ…………？」

啖呵を切られた魔王ゼルリアドが、その目をリュシアに向ける。

「私にとって、あなたは誰よりも強かった！　世界最強の傭兵で、一番怖かった人から私を助けてくれて……。そんな人が、簡単に呑み込まれるわけないじゃないですかっ!!」

「リ、リュシア……」

これは驚いた。

この絶望的状況に打ちひしがられるのではなく、まさかディスティーダ団長に立ち向かっていくつもりなのか。

「だから今回は、私があなたを救ってみせます！　その温かい腕で私を救ってくれて、この世は悪いものじゃないって教えてくれたあなたを……なんとしても救いだします!!」

リュシアが大声をあげた、その瞬間だった。

俺の全身が淡い光を放ちだし、続いて視界に次の文字列が浮かんだ。

◎《∞チートアビリティ》の力を受けて、一時的に《∞の神》の力が一部覚醒しました。
かつて世界征服を目論んだ邪神の一柱、治癒神の力を一時抑えます。

――どうかお願いします。邪神の目論んだ世界の筋道を、阻止してください――


「こ、これは……」

俺が目を見開いたのも束の間、目前で驚くべきことが起きた。

「ギュウアアア……」

「カァアアアア……ッ」

「バァアアアアアア……」

さっきまでにじり寄ってきていた死者たちが、なんと一斉にその場で崩れおちていくではないか。

「グォォオオオオオ……!!　アアアアア、オノレ、オノレェエ……!」

魔王ゼルリアドについても同様だ。

さっきまでたじろいでしまうほどの威容を誇っていたその巨体から、心なしか、少しだけ力が抜けていっているような気がする。

「な、何……？　どうしたの？」

リュシアも驚いたのか、戦闘体勢を取りながらも困惑している。

「ア、アルフさん……。もしかして、あなたが……？」

「ああ、たぶんそうだと思う。リュシアの強い思いが、俺の《∞チートアビリティ》に作用して……《∞の神》の力を引き出したんだろう」

「む、《∞の神》の力……」

フレイヤ神の時もそうだった。

圧倒的な力を誇り、ヴァルムンドの国民ほぼ全員にスキルを与えていた絶対神。

本来であれば、人の身では絶対に勝てるはずのない圧倒的強者。

それでもかろうじて打ち克つことができたのは、ひとえにこの《∞チートアビリティ》があったから。

世界を創造した神の力があったからこそ、フレイヤ神の圧倒的なパワーさえも上回り、なんとか勝利を収めることができた。

そして今回もまた——この土壇場で、俺たちを助けようとしてくれている。

「とにもかくにも、これは千載一遇のチャンスだ！　治癒神の力が抑え込まれている今のうちに、魔王ゼルリアドとレシアータを倒しにかかるぞ！」

「ヤー！」

かくして、帝国での最終決戦が幕を降ろすのだった。

3

「ふうん、面白くない展開だねぇ……。まさか治癒神の力が封じ込まれるなんて、さすがの僕もちょっとイラっときたかなぁ♡」

倒れたまま動かない死者たちを見て、レシアータ・バフェムが俺にちらりと視線を向ける。

「それで？　傷心中の僕を慰めてくれるのが、君というわけかな」

「ほざけ。誰がおまえなんか慰めるかってんだ」

「あはは……辛辣♡　そんなこと言われたら興奮しちゃうなあ」

ちなみに魔王ゼルリアドについてはリュシアが応戦中だ。

帝国に来てから随分長い時間が経った気がするが、実際のところ、まだ三日くらいしか経過していないからな。

俺とリュシアでは連携を取るのは難しいと判断し、ここは個々で戦うのが最善の選択だと判断した。

魔王ゼルリアドと戦うのは、きっとリュシアのほうがいいだろうしな。

俺も俺で、こいつのことを思いっきり殴らないと気が済まない。

「ふふふ……すっかりやる気か。怖いねぇほんと」

レシアータはそう言うなり、懐からダガーを取り出した。

「今までは思念体の姿でいろいろと遊ばせてもらったけどさ……。本物の恐ろしさってのを、ここで教えてあげるとするよ」

レシアータがニヤリと笑みを浮かべたその瞬間、奴の全身から漆黒の妖気が迸りはじめた。

ゴゴゴゴゴゴゴゴゴ……！　と。

溢れんばかりのその力が、この部屋そのものを激しく震動させる。

壁面にかけられている蝋燭が激しく揺れ、うち数本が床に落下する。

「はん……。やっぱり今までは力を隠してたってことかよ、レシアータ」

「あはは、そりゃあそうでしょ。せっかく死者の意思を操れるんだ。なのに自分から汗をかくなんて、馬鹿らしいじゃない？」

「…………」

「まあ理解できなくても構わないよ。これからじっくりたっぷりと、君に僕の恐ろしさを教えてあげるからさ♡」

そう言い終えるなり、レシアータが思い切り地面を蹴った。

そのままこちらにダガーを振り払ってくるかと思いきや――途中で疾駆を止め、左手をパチンと鳴らす。

「な、なんだ……！」

目の前で引き起こされる現象に、俺は思わず目を見開く。

これは――妖術の一種か。

現実的にはありえるはずないのだが、レシアータが五人に増えているように見えるのだ。

「さあ、混乱と絶望に震えて堕ちるがいいさっ！」

レシアータは不敵な笑みを浮かべると、そのまま五人で俺に襲い掛かってきた。

「ぐおっ…………！」

間断なく突き出されてくるダガーたちを、俺はかろうじて受け止め続ける。

すさまじい攻撃の嵐だ。

一本のダガーを防いだと思ったら、コンマ数秒後には違う方向からダガーが迫ってくる。

防御は無理なので避けようとすると、今度はそれを見越したレシアータの分身が、その方向に向けて攻撃を放ってくる――。

「せいやっ……！」

レイフォート家ではかつて一対多の模擬戦を行ったことがあるが、あれとはわけが違う。

「あっはっは♡　はーずれ♡」

俺がかろうじて攻撃を行おうとも、それが〝本体〟じゃなかった場合、スカして終わるようだな。

文字通り斬るべき肉体がそこにないため、剣は虚しく空を斬っていく。

「ちっ……！」

厄介なのはそれだけじゃない。

なぜだか向こうの攻撃は分身体のものまで俺に通るようだし、しかもまた、分身のすべてが達人クラスの力を誇っている。

今の状況は――ただただ純粋に不利だ。
「仕方ない、かくなる上は……！」

◎現在使えるチートアビリティ一覧
・神聖魔法　全使用可
・ヘイト操作
・煉獄剣の使用可
・無限剣の使用可
・管理画面《ステータス》の表示
・攻撃力の操作

スキルを発動すると、見慣れた文字列が視界に浮かび上がる。

攻撃力を操作してレシアータの攻撃力を落としてもいいが、その場合だと、もっと分身を増やされた時に対処できない。

今回使うべきは――。

「能力発動！　管理画面《ステータス》の表示！」

俺がそう唱えた瞬間、思った通りの現象が起きた。

五人いるレシアータのうち、一人の頭上にだけ横線が表示されたのである。

――あれが本物か！

「おおおおおおおっ！」

俺は雄叫びをあげ、唯一ステータスの表示されたレシアータに剣撃を見舞った。

「うおわっ……！　マジかっ……！」

果たして、それは正解だったようだな。

俺の攻撃は今度こそ命中し、レシアータの上半身を斬りつけることに成功した。

そしてそれと同時に分身も消え、〝本物〟の身体に収束していく。

「くっ…………！」

レシアータは苦々しい表情を浮かべ、俺とは数メートル離れた位置に着地。

致命傷には至らないまでも、それなりにはダメージを与えることができたようだな。

「くっ……ふっ、あはははははは♪　まさか僕の妖術が破られるなんて、さすがに驚いたよ。十年前の教団掃討作戦でも、これのおかげでうまく切り抜けられたんだけどなぁ……」

「……けど、その妖術をうまく使うには条件がある。そうじゃないか？」

「へぇ……？」

レシアータの瞳が面白そうに見開かれる。

「簡単な推理だよ。これからおまえが帝国を支配するんだったら、俺たちを殺すメリットなんて一つもない。国境門で意識を乗っ取られた兵士や、帝都を襲ってきた死者たち……。彼らのように、俺たちの意識を奪ったほうがいいだろう？」

「…………」

「だが、おまえはそれをしない。――いや、できないんだ。おおかた、相手にある程度ダメージを与えないといけないんじゃないか？」

国境門で乗っ取られた兵士だって、当初はレシアータの奇襲にあって気絶していたしな。

そして死者たちは言わずもがな――治癒神の力によって、一時的に蘇った不確かな存在だ。

要約すれば、今までレシアータが意識を操っていた相手は満身創痍（まんしんそうい）に陥っていた人ばかりであり――。

そうでない人物に関しては、最初から妖術を使用していないのだ。

「フフフ……、あはははははは！　本当にやりづらいなぁ君は！　そうやって次から次へと見破られるのは、さすがにあんまり好きじゃないなぁ……」

そしておそらく、その推測は正解だったんだろう。

俺の言葉を受けて、レシアータが上半身を大きく後方にずらして高笑いする。

「君の推測は何も間違っちゃいないけど、一つだけ補足させてほしいかなぁ。――たとえ意識を乗っ取ることはできなくても、僕にかかれば、今の軟弱な帝国くらい余裕で蹂躙することができるってね！」

ドォォォォォォオオオオン！

叫び声をあげたレシアータから、さらなる力が発せられた。

「うおっ…………！」

そのあまりの圧力に、周囲の空間さえ歪んでいるように見える。

「なるほど。小手先の技なんかなくても、純粋な力だけで帝国を乗っ取れるか……。たしかにその通りかもな……！」

「あはははは、本当はそこに治癒神の力も加わるんだけどねぇ。君にそれを披露できないのは残念だけれど……その分、容赦なく暴れさせてもらうよ？」

「ふん、言っておくがいいさ」

◎現在使えるチートアビリティ一覧

・神聖魔法　全使用可
・ヘイト操作
・煉獄剣の使用可
・無限剣の使用可
・管理画面《ステータス》の表示

・攻撃力の操作

あいつがそのつもりなら、こちらは《無限剣の使用可》で応じる他ないだろう。

かつてフレイヤ神を葬(ほうむ)った、《∞の神》そのままの力だ。

俺がそう叫んだ途端、今度は俺を起点にしてすさまじい震動が発生した。

「能力発動、無限剣の使用可！」

広大な室内に突風が舞う。

すさまじい熱気が発され、レシアータが片腕で自身の顔を覆う。

赤黒いオーラを放つレシアータに対して、純白の輝きを放つ俺……。

正真正銘、次こそが本気と本気のぶつかり合いだろう。

「ふふふ、アハハハハハハハハハ！　そうか、それが治癒神を殺したっていう、憎き《∞の神》の力か！　ある意味では、帝国の仇(かたき)でもあるねぇ！」

「ふん、言ってろ極悪人が！」

ドドドドドドドドドドドドド！

俺とレシアータの発する圧力がぶつかり合い、室内がまた激しく揺れだす。

もしこいつを早く倒せた場合には、リュシアと魔王の戦いに合流したいと思っていたが――どうやらそう簡単にはいかなさそうだな。

――そっちも頑張れよ、リュシア……！

そう小声で呟きつつ、俺は一瞬だけ、ちらりとリュシアの戦いに目を向けるのだった。

4

アルフが《無限剣の使用可》を使用する、少し前――。

「ゴァァァァァァァァァァァァァァァアアア！」

「うっ…………！」

私――リュシア・エムリオットは、魔王ゼルリアド＝フェドゼイオンが放つ殺気に呻き声をあげていた。

アルフさんが言うには、スキル《∞チートアビリティ》によって若干の弱体化をしているらしい。でも元の強さが飛びぬけているせいで、私にとっては十分に化け物に思える。まず間違いなく、私が今まで戦ってきたどんな敵よりも強いだろう。

大好きなパパ……ディスティーダ団長。

そんな彼がより強化されて襲い掛かってくるわけだから、今までの私なら絶対に勝てるはずのない相手だ。

そしておそらく、《闇夜の黒獅子》が総員でかかってもまるで敵わないだろう。

「だとしても、私はあなたを諦めません……！　ディスティーダ団長……！」

「ガァァァァアアアアアア！」

私が宣言をしたのと同時に、魔王ゼルリアドがその太い腕を乱暴に振り下ろしてきた。

「…………ッ！」

速いが、避けられないスピードではない。

私は咄嗟にサイドステップを敢行し、紙一重で魔王ゼルリアドの攻撃を回避する。

ズドォォオオン！

私が元いた地面は見るも無残に穿たれ、その圧倒的な力が否が応でも伝わってきた。

「やぁぁあああああああ！」

だが、それに怖気づいている場合ではない。

私は咄嗟にハルバードを突き出すと、持ち手にあるスイッチを押す。それによって長柄部分のコード接続が起動し、充填されている銃弾が放たれる仕組みだ。

その重量から使い勝手がいいほうではないが、うまく立ち回れば一方的に戦場を制圧することができる――。

そんな団長の言葉を受けて、私が特訓に特訓を重ねた武器だった。

「いきます！　ヤー‼」

私は裂帛の気合をもって、ハルバードから銃弾を発射。

殺傷力はあくまで対人レベルで、戦車などを壊すには至らない。だが魔王ゼルリアドがどんな立ち回りをしてくるかわからない以上、不用意に距離を詰めるわけにもいかない。

そんな総合的判断をもって、初手で銃攻撃を行うことにした。

――が。

「ガァァァァァァァアア！　アマイナ……！」

「えっ……？」

私が目を見開いたその瞬間には、魔王ゼルリアドは銃弾すべてを手で受け止めていた。

突出した動体視力で銃弾の軌道を読み、卓越した肉体能力で銃弾を掴み取ったのだろう。

だが――問題はそこではない。

この立ち回りは、訓練時にディスティーダ団長が何度も披露してきたものだ。私の撃ち方がいつも単調であることを指導するために、団長みずからが銃弾すべてを受け止めるのである。

そしてその際には、いつも「甘いな……！」という不敵な笑みがつきものだった。

「団長……。意識、残ってるの……？」

「ガァァァァァァァアアア！　ゴォォォォオオオ！」

だが私がそう問いかけた時には、団長の気配は微塵も感じられなくなった。

知性の欠片もない、さっきまでと同じ叫び声をひたすら発し続けるのみだ。

――リュシアの強い思いが、俺の《∞チートアビリティ》に作用して……《∞の神》の力を引き出したんだろう――

アルフさんはさっき、こう言っていた。

死んだはずの団長が魔王の姿に変えられているのは、まず間違いなく治癒神の力あってこそのはず。

その治癒神の力が抑えつけられている今だからこそ、団長の意識が少しだけ残っているのだろうか……？

「ボォォォォオオオオオ……！」

相変わらず、当の魔王は醜い声を上げ続けているばかりだけれど――。

「まだ、希望があるってことですよね……？　ディスティーダ団長」

「ガァァアアアアアアアア！」

視界に滲んでくる涙を拭うと、私は改めて意識を戦闘に切り替える。

もし団長の意識が残っているのであれば、こちらにも戦いようはあるだろう。

私にだって、もちろん団長の戦い方は身に染みてわかっている。だからその身の振りを見て適切に立ち回っていければ、きっと勝機はあるはずだ……！

「いきますよ、ディスティーダ団長！」

私は再び大声を張ると、右足で地面を強く蹴り、疾駆を開始する。

「やぁぁあああああああ！」

そして魔王ゼルリアドのほんの数センチ手前で、私はサイドステップを敢行。

右、左、前、後ろ……。

その後も魔王ゼルリアドの周囲を縦横無尽に動き回り、魔王をかく乱する。

自慢ではないが、私のスピードは《闇夜の黒獅子》の中でも突出していた。

だから、こうして自慢の速度で相手を翻弄することが多かったのだが……。


――ははは、リュシアよ。おまえさんはたしかに素早いが、俺だって傭兵歴が長いんだぜ？　見かけによらねぇと思うが、おまえさんより速く動くくらいは簡単さ――


しかしディスティーダ団長は、そんな私のスピードさえ上回る。

私の行き先へ超速度で先回りして、がら空きになっているところに会心の一撃を見舞われる……。

そうしたことが何度もあった。

けれど、今の団長は魔王の姿になり果てている。

最初の一撃もたしかに速かったけれど、団長のそれと違って、避けられない速度ではなかった。

つまり、団長の身体が入れ替わっている今なら――。

「バァァアアアアアアアアアアア！」

果たして魔王ゼルリアドは、私の狙った通りの行動に出た。

私の行動を先読みした上で、そこに拳を振り下ろそうとしているが……。

「遅い！」

魔王ゼルリアドの肉体になってしまった今、団長だった頃の動きを真似しても身体が追い付かない。

私は魔王ゼルリアドの拳を軽々と躱すと、がら空きになった胴体めがけてハルバードを振った。

「グオオオオオオオッ！」

予期せぬ反撃だったのだろう、魔王ゼルリアドが悲鳴と共に後方によろめく。

手応えあり。クリーンヒットだ。

だが仮にも団長の意識が残っている相手。

深追いしては手痛い攻撃をもらってしまう可能性が高いので、ここは追撃をせずバックステップを敢行。

「ガァァァァァァァァアアア！」

コンマ数秒後、魔王ゼルリアドは口腔を大きく開き、そこから赤茶色の可視放射を放つ。

その地点はもちろん、私が元いた場所。

不用意に深追いしていた場合、あの可視放射の餌食になっていただろう。

——いいかリュシア。おまえさんはたしかに速いが、腕力に関していえば、まだいまいち足りてねえのが現状だ——

——チャンスがきたら深追いしたくなる気持ちはわかるが、おまえさんが与えた初撃は、自分で思ってるよりダメージを与えられていない可能性がある。それを忘れるな——

——じゃあどうすればいいのかって？　そうだな……そのスピードを活かして、細かく相手にダメージを与えていくのがいいんじゃねえか？――


かつてディスティーダ団長に教わった言葉が脳裏に蘇る。

あの時指導されたおかげで、今の私はまともに戦えている……。

「ありがとう、ディスティーダ団長……」

だが思い出に浸るのは後回しだ。

団長の言葉通りなら、今の一撃でもたいしたダメージには繋がっていない。

引き続き魔王ゼルリアドの動きを注視しながら、持ち前のスピードでなんとか戦い抜くしかないだろう……！

そこまで思索を巡らせた私は、再び戦闘に全神経を集中させ、次の魔王の出方に備えるのだった。

5

——一方その頃。

リュシアが魔王ゼルリアドに一撃見舞ったのを確認した俺は、一人安堵の息をついていた。

おそらく、傭兵としての経験ががっつり活かされているんだろうな。

魔王ゼルリアドの動きを適切に先読みし、その上で深追いすることなく、しっかりと善戦することができている。

あの調子であれば——俺の加勢も必要ないかもしれないな。

「へぇ……？　こりゃ驚いたな」

そして俺に釣られたか、レシアータもリュシアの戦いに目を向けていた。

「あのお嬢さん、思ったよりうまく戦えてるじゃないか。魔王の動きを完全に見切っているね」

「ああ……。何か戦い方のコツを掴んだのかもしれないな」

「ふん……。それはちょっと困るよねぇ、魔王が倒されるとかさすがに予想外なんだけど」

「…………」

レシアータの奴、口調こそいつも通りだが、少しずつ怒りが露出し始めているな。

徐々に余裕がなくなっていっているのが見て取れる。

——戦闘が始まってから数十分。

《無限剣の使用可》を解放した俺は、レシアータと互角以上の戦いを繰り広げていた。

あいつの攻撃はすんでのところですべて防ぎ、俺からの攻撃についても、すべて防御されるか避けられる。

一瞬でも油断すれば死んでしまいかねないほどの、ギリギリの攻防が続いていたからな。

互いに息切れし始めてきたし、精神的にも余裕がなくなるのは無理もないだろう。治癒神の回復魔法も今は使えないしな。

「グアアアアアアアアッ…………！」

と。

向こうでは、リュシアがまた渾身の一撃を見舞ったようだな。

魔王ゼルリアドの悲鳴が室内に響き渡り……それがまた、レシアータの怒りをさらに増長させたようだ。

「ふふふ……あはははははははははっ！　たしかに君たちは計画の障害になると思ってたけどさ、さすがにここまでやられるのは心外だよねぇ！　ちょっともう、ここらでとっととくたばってほしいっていうのが本音だよ!!」

そう喚く口調にもまた、余裕がなくなっているのが感じ取れる。

乱暴な言葉遣いになっているのもあるし、何よりわかりやすく早口になっている状態だった。

「……ふざけるのも大概にしろよ、レシアータ・バフェム」

だから俺は、ありったけの怒りを奴にぶつける。

「ああん……？」

「ここまでの悪事を働いておいて、このまま悲願を達成できると思ってんじゃねえ。おまえは殺されるんだよ……今ここで、俺たちにな」

「はは、はははは！　何を言ってるんだい？　僕は帝国の未来を憂う正義の戦士だ。そんな僕がやられるなんて、そんなことを時代が許すわけが――ぼごあっ！」

奴のセリフが途中で途切れたのは、駆け出した俺が、レシアータの腹部に強烈な殴打を見舞ったためだ。

「ぐおっ……けほ、けほっ……！」

レシアータは自身の腹部を思いっきり抑え、じりじりと後ずさっていく。

目も思いっきり充血しているので、相当のダメージになっていることは想像に難くない。

「ど、どういうことだよ……。なんで、君にそんな力が……」

「《∞チートアビリティ》の《煉獄剣の使用可》を重ねがけしたんだよ。戦闘中に一気に俺の力が上昇してたこと、気づかなかったか？」

「能力の、重ねがけだって……？　はははははは、なんだよそれ。《∞の神》、もはやなんでもありじゃないか…………」

「はん、よく言うよ。妖術も剣も使えて、治癒神の力も再現できる奴が」

「うるさいっ……！　僕を煽るな！」

ぎろりと俺を睨み、レシアータは俺にダガーを振り払ってくるが――。

カキン、と。

その刀身を、俺は事もなげに受け止めた。

「え……。嘘、だろ？　なんで、こんなに簡単に……」

「今度は《攻撃力の操作》っていう能力の効果だ。これの影響で、おまえの攻撃力は四分の一に落ちてるんだよ」

「よ、四分の一だって…………!?」

さっきまでヘラヘラとした表情を浮かべていたレシアータの表情が、絶望のそれに塗り替わっていく。

――まあ、そうだよな。

相手の攻撃力を下げておきながら、自分の力はより強化させていく……。

こんな凶悪な能力を、俺は聞いたことがない。

レシアータが絶望するのも無理のないことではあるだろう。

だが……こいつは明らかにやりすぎた。

十年前は《治癒神神聖教団》とやらに所属して、リュシアをはじめとする子どもたちを残虐な目に遭わせ。

昨日は大勢の死者を従えて、大勢の住民を殺害し。

《闇夜の黒獅子》のメンバーを魔物に偽装させ、俺たちに殺させて。

挙げ句の果てにはディスティーダ団長を魔王に変えて、団長自身にリュシアを殺させようとしている。

おそらく他にも数え尽くせないほどの悪行を積んできただろうし——さすがにこいつに関しては、このまま野放しにしておくわけにはいかない。

甘い処置で済ませてしまっては、まず間違いなく、またとんでもないことをしでかすだろうからな。

「ククク……あっはっは。これは驚いたなぁ。本当になんでもできるよねぇ、その《∞チートアビリティ》ってやつ。それが《∞の神》の力ってやつなのかなぁ？」

「…………」

「だからこそ気にかかるよ。それくらいの力があれば、太陽神・治癒神・知恵神、その三柱に突然襲われたとて、簡単に返り討ちにできたはずだ。なのに、なんで負けることになっちゃったんだろうね……アハハハハハ」

ドクン、と。

レシアータの言葉を受けて、突如、脳裏にいくつもの言葉が蘇ってきた。

——宇宙。

——電脳世界。

——エストリア世界創生計画。

——全知全能アルフ神。

なんだこれは。

いったいどういうことだ……？

「おや、もしかして一瞬、〝そっち側〟にいったのかな？」

俺の異変に気づいたらしいレシアータが、なぜだか嬉しそうに問いかけてくる。

「実は僕にも同じことがあったんだよ。よくわかんないんだけどさ、治癒神の力を再現し続けていたある日、急に〝世界の裏側〟みたいなのが見えるようになってさ……♡」

「世界の、裏側……」

なるほど。

言い得て妙だな。

「そうそう♪　どうかな、ここはその情報を教える代わりに、僕を見逃すつもりはないかなぁ？」

「――ふざけるなよ、この馬鹿野郎が」

俺は力一杯に拳を握り締めると、それを思いっきりレシアータの腹部に見舞う。

「ぐぼぁっ……！」

目を充血させ、苦しそうに呻きだすレシアータ。

だがもちろん、俺の攻撃はここで終わらない。

「がばぁっ……！」

「ぼげぇええ……！」

「ぐぼぉっ……かはっ、かはっ…………」

レシアータに反撃させる余地さえ与えず、俺は間断なく殴打を続ける。

剣で斬りつけてもいいが、それだと一瞬で勝負が終わってしまうからな。

今まで散々人をコケにしてきたこいつは――それ相応の罰を与えねば気が済まなかった。

「ぐぐ……あはははは……。参ったなぁ、強すぎるよぉ……」

レシアータは腹部を抑えつけながら、苦しそうに肩で息をする。

こいつもなかなかに強かったが、さすがに純粋な戦闘力だけでいえば、フレイヤ神には劣るからな。

互いに全力で戦い始めた頃から、その差が徐々に現れ始めていた。

「言っておくが、その程度の痛み……おまえが今まで犯した罪に比べれば、まだまだ軽いほうだからな」

「あっはは、僕に説教する気？　本当にそれでいいの？　君の目の前にいるそいつは、もしかしたら分身かもしれないんだよ？」

「ほざけ。俺には見えているさ。おまえはもう残り体力がギリギリで……妖術を使う気力さえ残ってないとな」

「…………」

「それでもなお、いまだに敵を揺さぶろうとするその気概……。ふん、ただヘラヘラしてるだけじゃなくて、生き残るための戦略ってことかな」

「くく……あはははははは。本当に怖いなぁ、なんでもお見通しってことかぁ………」

レシアータは狂ったように笑いだすと、勝負を諦めたか、適当にダガーを後方に放り投げる。

「じゃあさ、せめて逝く前に思い出話をしてあげるよ。307号……リュシアが僕にいじめられている時、いったいどんな顔で、どんな言葉で命乞いをしていたのか……。ウフフフフ、そそるだろう？　まずはね――」

「黙れ………！」

俺は剣の柄を握ると、そのままレシアータの懐に着地。

そしてそのまま、奴の胸部に容赦なく突き刺した。

「げぼぁっ……ぐごっ……」

さすがに堪らなかったのか、醜く嗚咽するレシアータ。

「クク、アハハハ……本当に、甘っちょろいんだねぇ、君は……」

あくまで余裕たっぷりな口調を崩さないレシアータだが、その声が少しずつ、細々しくなっていく。

「まあいいさ。たとえ、僕が死んだとて……世界はきっと、栄誉あるルズベルト帝国を、応援して、くれるだろうからさ……」

そこまで言ったのを最期に、レシアータの全身から、ついにすべての力が抜けていった。

そして同時に、俺は忘れずに《∞チートアビリティ》の『管理画面《ステータス》の表示』を起動。

レシアータの頭上に浮かんでいる横線が、綺麗さっぱり消えていることを確認するのだった。

6

――アルフがレシアータに勝利する、少し前。


私――リュシア・エムリオットは順調に魔王ゼルリアドへダメージを与え続けていた。

やはり団長の意識がまだ残っているようで、立ち回りが団長のそれになっている。

しかし今の魔王ゼルリアドは団長ほど素早くはないので、当時とまったく同じ戦い方をしていても、身体がそれについてきていないのだ。

だから私が団長の動き方を誘発し、その上で、相手以上の速度をもって攻撃を叩きだす……。

それを繰り返すことで、着実に魔王ゼルリアドにダメージを与え続けることができていた。

「ウゴォォォォォォォオオ…………！」

おかげで現在、魔王ゼルリアドはすっかり恐慌をきたしている。

当初よりだいぶ動きが粗雑になってきたし、行動の随所に〝焦り〟が見え始めている。

「ふう……」

けれど、これで油断するつもりはない。

いかに優勢な状態であろうとも、こちらのミス一つで、戦況が大きくひっくり返ることがある――

――。

これもまた、ディスティーダ団長の言葉だったから。

だから私は疾駆の速度を緩めることなく、引き続き魔王ゼルリアドの出方を伺っていたのだが
――。

「ウグ……。ハァァァァァァアッア……！」

「えっ…………？」

なんと表現すべきだろう。

魔王ゼルリアドの雰囲気が、一瞬にして変わったというべきか。

さっきまで焦ったように私の動向を目で追っていたのが、すっかり落ち着き始めているというか。

いったいどういうことだ……？

「貴様カ。我ノ意識ヲ目覚メシ者ハ」

「…………っ」

思わぬ展開が引き起こされ、私は咄嗟に立ち止まった。

「ククク、当惑シテオルカ。マア無理モナイ。我ノ意識ハ普段、遠キ異次元ニテ眠ッテオルノデナ。電脳世界ニ降リテクルマデニ時間ガカカルノダヨ」

「と、遠き異次元……？　電脳世界……？」

「フ、人デハ理解デキヌカ。貴様ラノ言葉デイウナラバ、魔王トシテノ自意識ガ目覚メタトデモ思ウガイイ」

「…………っ」

――魔王としての意識が目覚めた。

詳しいことは不明だが、一つだけはっきりしているのは、魔王ゼルリアドの動きから〝団長らしさ〟が消えたことだ。

魔王になってから時間も経過したことで、とうとう時間切れになったということか……？

「フフ、意識ガ判然トセヌ状態デ、散々我ヲイタブッテクレタヨウダナ。ダガ、モハヤソウハイカヌゾ……」

「え……わ、わあああああああっ!!」

ドォォォォオン！　と。

どこからともなく不可視の衝撃波が発生し、私は悲鳴と共に後方にのけぞる。

こんな攻撃、さっきまでは全然してこなかったのに。

これもまた、魔王の意識が顕在化(けんざいか)してきたゆえのことか……!!

「クタバレ、人ノ子ヨ」

私が地面に転げている間に、魔王ゼルリアドはさらなる攻撃に移ったようだ。

私に向けて人差し指を向けると、その瞬間、天から無数の槍が降りそそいでくる。

「…………っ！」

考えるまでもなく、一本でもまともに喰らえば即死は免れないだろう。

私は咄嗟に踏ん張り、そこから一気に疾駆していく。

着地もままならぬ体勢から走り出した形になるが、もはやそんなことは言っていられない。

――無数の槍が天から降りそそいでくる魔法。

こんな魔法は見たことがないものの、下手すれば一撃で殺されることが直感で伝わってきたから。

「クク、踏ン張バルデハナイカ。ソレデハコチラハドウカナ」

「えっ…………！」

魔王ゼルリアドの目が怪しく光った、その瞬間。

私の身体が、ぴたりと動かなくなった。

いくらもがこうとしても、金縛りに遭ったかのごとく、まるで言うことを聞いてくれない。

「な、なんで……！　動いて、動いてよ……！」

「クク、セメテモノ情デ三秒後ニハ金縛リヲ解イテヤロウ。――ホラ、モウ動ケルゾ」

「…………っ」

魔王ゼルリアドが宣言した通り、その数秒後には身体の自由が利くようになった。

――天空からの槍はもう目前にまで迫っている。

「うぁぁあああああああああああああ！」

その瞬間、私は獣のように叫びじゃくっている自分の声を聞いた。

まさに我を忘れた全力疾走だった。

アキレス腱が切れてしまいそうだった。

それでも走るしかなかった。

コンマ一秒でも気を抜いていたら、あの槍に突き刺されて死ぬから。

生きるためにはそうするしかないから――。

「フフフ……、ハハハハハハ！　ヤルデハナイカ。サスガニアノ状況カラ生キ延ビルトハ予想外ダッタゾ」

そして気づいた時には、すべての槍が降りそそぎ終わったらしい。

「はぁ、はぁ……」

気づいた時には、私は地面に横たわっていた。

視界がうっすらぼやける。

それが涙だと気づくのに、そう時間はかからなかった。

――伝承で語り継がれている通り、魔王ゼルリアド＝フェドゼイオンは化け物だ。

――さっきまでは団長の意識が残ってたから善戦してただけ。

――魔王としての自我が蘇った今、もはや勝てる相手ではない。

――私が今こうして生きながらえているのも、魔王ゼルリアドが拘束を解いたからでしかない

……。

「クックック……。良イ顔ヲシテイルナ。絶望ニ染マリキッタ、我ノ最モ好ム表情ヨ」

そして私が地面に仰向けになっている間に、魔王ゼルリアドは次の攻撃に移ろうとしているらしい。

次なる魔法を発動しようとしている気配を感じるが——さりとて、私は一ミリも動くことができなかった。

もう……スタミナが全然残っていなかった。

「パパ、パパ……………」

けれど、自然と怖くはなかった。

元を辿れば、あの魔王ゼルリアドはパパが変化して誕生した化け物。

パパに助けてもらうことがなければ、この命は十年前に散っていた。その意味では、ここらへんが潮時なのかもしれない……。

「パパ……。大好きだよ……」

私は——いつの間にか笑っていた。

パパに殺されるんだと思えば、それでもいいと思えたから。

——ごめんパパ、やっぱり私はパパを超えられなかった。

——私はここで死んじゃうけれど、でもきっと、アルフさんがなんとかしてくれる。

——今までありがとう、パパ。

「クク、トウトウ諦メオッタカ。最期マデ足掻イテクレネバ面白クハナイガ……マア、コレモ余興クライニハナルカ」

そう言ってから、魔王ゼルリアドがその巨大な腕を大きく掲げる。

「死ヌガイイ。小サキ人間ヨ……！」

私がぎゅっと目を閉じた、その瞬間だった。


「オオオオオオオオオオッ……！　ナ、ナンダ、コレハ……！　人ノ身デ、我ニ抗ウツモリダトイウノカ………！」


「え………？」

思わぬ呻き声が聞こえ、私は思わず顔を上げた。

詳しい事情は不明だが、さっきまで余裕綽々としていた魔王ゼルリアドが、上半身を大きく反らして悶絶している……？

そして次の瞬間に聞こえてきた声に、私は思わず叫びそうになってしまった。

『おいこらリュシア・エムリオット！　そう簡単に諦めてんじゃねえ！』

「えっ……えっ？　パパ!?」

『こいつは俺が抑えつける！　その隙に、おまえは特大の一撃を見舞ってやれ！　できるだろ!?』

「パ、パパ……！　うん………!!」

どこからともなく聞こえてきた、ディスティーダ団長の声。

魔王ゼルリアドの様子から推察すると、たぶん魔王の中で〝抗っている〟んだと思う。魔王に意識を乗っ取られてもなお、私を守るために……！

そこまでディスティーダ団長にしてもらっているのに、自分だけ地面に伏せているわけにはいかない……!!

尽きたはずの体力がどこからか湧いてくる。私はふらつきながらも立ち上がり、ハルバードを構えた。

「グォアアアアアァォォォオアアア……！　オノレ小賢シキ人間メガ!!　大人シク我ニ取リ込マレテオレバイイモノヲ………！」

『うぐおっ……！』

そしてやはり、魔王の力も相当のものなんだろう。

滅多に弱音を吐かないはずのディスティーダ団長が、苦しそうな声を私に投げかけてきた。

『リュシア、この状態も長くは保たねえ……！　早く、早くしろ……！』

「ヤー!!」

このまま魔王を倒したら、ディスティーダ団長はどうなるのか。

体力の落ちきった私で、今の魔王を倒しきることができるのか。

いくつか不安要素はあるが、今はそれについて考えている場合ではない。

現在の私がやるべきことは——ありったけの力をあいつにぶつけることなのだから!!

「はぁぁぁぁぁぁぁぁぁぁぁぁぁあああああああ！」

私は雄叫びをあげながら、《闇夜の黒獅子》で教わってきた全力の一撃を、魔王ゼルリアドに見舞ってみせた。

「グォアアアアアア！　オノレ、小癪ナ人間ドモガァァァァァァァアアア!!」

『へへ、よく見せてくれたじゃねえか！　後は任せておけ！』

私の攻撃を受けて、魔王ゼルリアドは苦しそうにもがき始める。

――今こそ、千載一遇の好機だ！

そう判断した私は、引き続き魔王ゼルリアドに全力の攻撃を浴びせていく。

銃弾による攻撃、ハルバードによる斬撃……。

自分の持つすべての力を、かの魔王ゼルリアドに放ち続けた。

「オノレオノレ！　人ノ分際デ、我ヲ傷ツケルナドト………！」

『生憎(あいにく)だが、リュシアは自慢の娘なんでね!!　いくら天下の大魔王様でも、さすがに痛いんじゃねえの？』

「グオオオオオオオオ………！」

『さあ来いリュシア！　俺もできるだけ魔王の意識を抑え込んでみせる！　最高の一撃をお見舞いしてこい！』

「は、はいっ！」

私はそこで一度だけ深呼吸をすると。

勢いよく地面を蹴り、ありったけの力をもって、ハルバードの刃を魔王ゼルリアドに突きつけた。

「グォアアアアアアア……！　馬鹿ナァァァァァァァァァァアア…………！」

7

一方その頃。

「グォアアアアアアア……！　馬鹿ナァァァァァァァァァァァァア……！」

無事レシアータを倒した俺は、遠くから野太い悲鳴が響きわたっているのに気づいた。

「おお……！　やったのか、リュシア……！」

どんな経過を辿ったのかは不明だが、リュシアはちゃんと勝利を収めてくれたようだな。

彼女が見舞った渾身の一撃に、魔王ゼルリアドが激しく悶絶しているのが見て取れる。

念のため《∞チートアビリティ》の『管理画面《ステータス》の表示』を使用するが、無事、魔王の体力を削り切ることに成功したようだな。

さっきまでは見上げんばかりに巨大だったその身体が、少しずつ縮小していき……。

そしてひときわ眩い閃光が周囲を照らした後には、ディスティーダ・エムリオット——リュシアの父が、壁にもたれかかっている状態だった。

「ぐほっ、けほっけほっ……。へへ、うまくやったじゃねえか、リュシアよ……」

「パ、パパ……！」

激しくせき込むディスティーダ団長に向けて、リュシアがすぐさま駆け出していく。

「だ、大丈夫？　緊急回復用のエリクサーなら、私、ちゃんと用意してきてるから……！」

そう言って懐をさぐるリュシアの手を、

「無駄だ。やめとけ……」

ディスティーダ団長は優しく掴んで制した。

「薄々察してるだろ。俺はもう、とっくの前に死んでんだよ。——魔王ゼルリアドとやらに意識を呑まれかけてた時、ようやっと記憶が戻ったのさ」

「パ、パパ……！」

「今は治癒神の力が一時的に作用しているだけ。あの男(レシアータ)がくたばった今、どんな薬を用いたって、俺はこのまま……逝くことになるだろう」

「そ、そんなの……！　そんなのって、ないよ…………！　パパはいつだって最強だったじゃん！　ずっとずっと、私を守ってくれてたじゃん…………！」

「へへ……。すまねえな、リュシア……」

赤子のように泣きじゃくるリュシアに、諦観(ていかん)したような表情で彼女を受け止めるディスティーダ団長。

……本当に、二人は親子のような関係だったんだろうな。

血の繋がりがなくても、ディスティーダ団長は〝実の娘〟のようにリュシアを可愛がって。

そんな彼の温かい心に触れて、リュシアの心の傷が少しずつ癒えていって……。

心なしか、そういった光景が目に浮かんでくるようだった。

「アルフ殿……」

そのディスティーダ団長の視線が、ふいに俺に据えられる。

「俺は事の顛末を見られませんでしたが、無事、あのレシアータを倒してくれたようですな。あいつは治癒神の力で無限に回復してきますし……もしあいつを倒せるとしたら、あなたしかいなかったでしょう」

「……もしかしてディスティーダ団長、あいつと戦われたんですか？」

「ええ。死者の軍勢くらいであれば、俺だけでも簡単に始末できました。……しかし何度も回復し続けるレシアータには、さすがに分が悪かったんです」

「そうですね……。フレイヤ神と戦っている時も思いましたが、神の力はとにかく常識を逸脱しています。いくら最強の傭兵とて、勝てないのも無理はないでしょう」

むしろ、死者の軍勢を蹴散らしただけでも十分すごいよな。

最強の《闇夜の黒獅子》を相手にする以上、まず間違いなく大勢の死者を寄越していただろうし。

「でもまあ、良かったですよ」

俺が押し黙っていると、ディスティーダ団長がふっと笑いながらそう言った。

「まさかこんな形でくたばっちまうとは思ってもみませんでしたが……最期の最期に、あいつの死を確認できただけでも幸せ者だ」

そう言っている間に、ディスティーダ団長の身体が少しずつ薄れ始めてくる。

あまり口に出したくはないが、着実に〝その時〟が迫ってきているんだろうな。

「パパ、パパぁ……！」

リュシアは現在も、そのディスティーダ団長の胸の中で泣き続けている。

いくら団長の死を予感していたといっても、彼女はまだ十五歳の子ども。

大好きな父親の死は――到底受け入れがたいだろう。

そんなリュシアを片腕で抱き締めながら、ディスティーダ団長は再び俺を見つめて言った。

「アルフ殿。図々しい頼みなのはわかってますが……どうか、この娘のことをお願いできますか。これまでの旅で痛感されたとは思いますが、戦闘的にも精神的にも、まだまだ未熟なところがありますんでな……」

「……ええ、もちろんです」

ディスティーダ団長の強い眼光を受けて、俺も力強く頷く。

「俺だってまだまだ未熟者ですから、あなたのようにリュシアを導けるかは不安ですが……。アルフ・レイフォートの名にかけて、彼女をしっかりとお預かりさせていただきましょう」

「へへ……ありがとうございます。アルフ殿に預けられるのなら、もう安心だ……。もう思い残すことはねえ………」

シュイイイイン、と。

切なげな音をたてて、ディスティーダ団長の身体がさらに薄れてきた。

かろうじて触れ合うことはできるようだが、ディスティーダ団長の身体は今やほぼ半透明。向こう側にある大理石が視認できてしまうくらいには、彼の姿が透けてきている状態だった。

「パパ、駄目！　逝かないで！　逝っちゃ駄目だよ………！」

「へへへ……。ったく、あれから十年も経つってのに、おまえさんはガキの頃のまんまだな……。相変わらず甘えん坊か」

「だって、しょうがないでしょ……！　パパは、パパなんだから……！」

「はっ、訳わからねぇこと言ってんじゃねぇよ………」

ディスティーダ団長はそっと瞳を閉じると、優しくリュシアの後頭部を撫でた。

「最後の一撃、めちゃくちゃ良く効いたぜ……。まだまだ太刀筋の甘いところはあるが、おまえさんなら、絶対に最強の傭兵になれんだろ」

「ほ、ほんと……？」

「ああ。おまえさんがしっかりトドメ刺してくれなきゃ、俺は魔王ゼルリアド＝フェドゼイオンとして帝国中を荒らしまわるところだった。……リュシア、おまえさんが、俺を、救ったんだぜ……？」

「あ…………」

「クク、面白い因果だよなぁ……。俺に救われたおまえさんが、最期の最期に、俺を救ってみせるたぁ……。だがそれも、おまえさんが真面目に鍛練を積んできたからだろうよ」

シュイイイイイイン、と。

ディスティーダ団長の全身が、薄れていく。

消えていく。

「だからおまえさんは、絶対に立ち止まるんじゃねぇ……。俺がいなくなったのもバネにして、もっと、もっと強くなるんだ……。そうすりゃ、きっと、いつか、俺さえ超える傭兵に……」

「パパ、パパぁ——————!」

リュシアがそう叫び声をあげた時には、ディスティーダ団長の身体は完全に消えていた。

「パパ、パパ、パパぁ…………」

激闘の終わった室内には、リュシアの悲痛な泣き声だけが響き渡ることになった。

8

それからしばらく。

リュシアが落ち着いたのを見計らって、俺は彼女に声をかけた。

「そろそろ行こう、リュシア。ここはきっと……あんまり長居していい場所じゃない」

「………………」

ちなみに現在、彼女は地面にうずくまっている状態だった。

さっきまでディスティーダ団長の胸に抱き着いていたのが、その団長がいなくなって――元の姿勢のまま硬直していた形だな。

「リュシア、気持ちはわかるが……」

「……ぐず、すみません。アルフさん」

そう言いながら、リュシアはゆっくり起き上がる。

「薄々わかってたことではありますけど、やっぱり、気持ちの整理がつかなくて……」

「そうだな。その気持ちはわかるが……」

とはいえ、ここは《治癒神神聖教団》の施設内。

さっきまで魔物がうろついていた場所でもあるし、長居するには向かない場所だからな。

レシアータが倒れたので、もう死者が襲ってくることはないと思うが……任せてきた街の様子も気になるし、できれば早めに退散したい場所だった。

「とりあえず、シャーリーを解放したらもう帝都に戻ろう。今後のことは、宿で……」

「――素晴らしい功績を残してくれたな。アルフ・レイフォートに、《闇夜の黒獅子》の傭兵――リュシア・エムリオットよ」


と。

俺たちが立ち上がったその時、聞き覚えのある声が部屋に響き渡った。

――当代皇帝、ファグスティス・ギィア・ルズベルト。

なんとルズベルト帝国を収める要人が、大勢の護衛を引き連れてこの場に姿を現したのである。

「ん…………？」

「ど、どうして……？」

思わぬ来訪者に、俺もリュシアも当然のように困惑を隠せない。

いったいなぜ、皇帝本人がこんな危険地帯に足を運ぶ必要がある……？

「いやぁすまぬな二人とも。まずは先日の謁見の非礼、お詫びをさせてもらいたい」

「え、謁見……」

そうか。

そういえばそれがあったな。

俺たちがディスティーダ団長の所在を皇帝に質問した瞬間、皇帝の態度が急転し——何も答えられないままに帰らされた。

いろいろあったのですっかり忘れていたが、どうして今になってそれを蒸し返すのか。

「実は余のほうでも、《治癒神神聖教団》の動向は掴んでいてな。ただでさえデリケートな話題なのに、さらにヴァルムンド王国の者がこれにまつわる質問をしてくる……。どちらかといえば国内政治向けの話じゃが、どうしてもこればかりは答えらなかったのだよ」

「……なるほど、そうでしたか」

たしかに、それ自体は一理あるかもな。

言ってしまえば、帝国にとって《治癒神神聖教団》はテロリスト集団。

そしてまた、ヴァルムンド王国も皇帝にとって取り扱いがたい危険国家。

そんなヴァルムンド王国から来訪した俺に、ぬけぬけとテロリストの情報を教えてしまったら……いざ有事が起こった時に責任問題に発展するかもわからない。

皇帝の立場的に黙らざるをえないのも、まあ理屈では納得できる。

「でも、どうして皇帝陛下御自らがこんな所に……」

「何、簡単な話よ。さっきも言ったように、余も《治癒神神聖教団》の動向は掴んでおってな。先日の帝都襲撃事件に、今朝方の魔物襲撃……。さすがに放っておけなくなったゆえ、兵士を供にして施設を制圧しようと考えたのじゃ」

「…………」

「ふふ、じゃがさすがはフレイヤ神をも退けた英雄といったところか。それも不要な備えだったようじゃな」

皇帝はそこまで言うと、背後に控えている兵士たちに合図を送る。

「事態の収束を確認。あそこで倒れているレシアータ・バフェムの遺体を回収しつつ、以降の後処理を行いなさい」

「イエス・ユア・マジェスティ」

兵士たちはそう威勢のいい返事をすると、三々五々に散らばり始めた。

レシアータの遺体を運び出す者、施設の内観について調査を始める者、教団にまつわる資料がないか探し始める者……。

礫にされていたシャーリーも丁重に下ろされ、魔法で回復されてから俺たちの前まで運ばれてきた。

さすがは皇帝の護衛として鍛え抜かれた兵士というだけあって、それぞれの動きがかなり洗練されていた。

「す、すごい……」

そんな兵士たちを見て、リュシアが感嘆の声をあげる。

いつもより声の張りがないが、まあ、さすがにそれは仕方のないことか。

「さあ、レイフォートにエムリオットよ。あとは余たちに任せて、貴殿らは帝都に戻るとよい。我が国の危機を救ってくれたのだ。ヴァルムンド王国の者といえど――たっぷりと報酬を弾むことを約束しよう」

「はい、ありがとうございます」

後処理を引き受けてくれることと、帝国からの報酬を貰えること。

これ自体はありがたい話なので、受けない理由はないだろう。

――だが俺にはやはり、どうしても不可解な点があった。

「？　ア、アルフさん、どうしたんですか？」

小首をかしげるリュシアに目線だけ送ると、俺は改めて皇帝ファグスティスを見て言った。

「皇帝陛下。もし無礼でしたら報酬は結構ですので……一つだけ、聞かせていただいてもいいですか？」

「ふむ………？」

俺の言葉に対し、皇帝がわずかばかり眉をひそめる。

「死の間際、ディスティーダ団長はこう言っておりました。――まさかこんな形でくたばっちまうとは思ってもみませんでしたが……最期の最期に、あいつ（レシアータ）の死を確認できただけでも幸せ者だ――と」

「む………」

「ディスティーダ団長は歴戦の戦士です。もしレシアータに呼び出されたのだとしたら、最初から最大限の警戒を張っていたはず。……いえ、仮にテロ組織に呼び出されたとしても、ディスティーダ団長は最初から受けなかったかもしれませんね」

そこまでを言い終えて、俺はリュシアに視線を向ける。

「あ、はい、その通りだと思います。私たち《闇夜の黒獅子》は、連日のように依頼がたくさん来てて……。出所が怪しい依頼についてはまったく受ける余裕がないって、パパ――団長も言っておりました」

「うん。やっぱりそうだよな」

俺はそこで頷くと、再度、皇帝に向けて問いかける。

「さらに言えば、今回は依頼そのものも怪しかったです。リュシアの言葉によれば、出かける間際、団長は『治癒神の力に触れてくる』と言っていたそうですから」

「…………」

「どこにでもいる普通の人間が、いきなり治癒神の話を持ち出しても……それもきっと〝怪しい依頼〟で済まされてしまうでしょう。それこそ、皇帝陛下から公式に届けられた依頼でもなければ」

「あ…………」

そこまで言ったところで、リュシアも俺の発言の意図を悟ったのだろう。

困惑半分、警戒半分の表情を皇帝に向ける。

「――あなた、だったんですね？　ディスティーダ団長を帝国に呼び出し、そしてレシアータ率いる《治癒神神聖教団》に襲わせたのは」

「…………っ」

我慢の限界になったんだろう。

これ以上は聞きたくないとでもいうように、リュシアがぎゅっと目を閉じた。

「おいおまえたち、さすがにこれ以上の無礼は……！」

話を聞きつけた兵士が武器を構えるも、

「よい。とっとと元の任務に戻れ」

「……はっ。失礼いたしました」

と皇帝に制され、施設の調査に戻っていく。

――当代皇帝、ファグスティス・ギィア・ルズベルト。

謁見の間ではまるで取りつく島もない人物に思えたが、非公式の場となると、意外とそうでもないのか。

俺にここまで言われた後でも急に取り乱すこともなく、皇帝は深く息を吐いて言った。

「……その通りじゃ。《闇夜の黒獅子》の団長を帝国に呼び出したのは余自身であり――そしてまた、レシアータに彼を襲わせたのも余自身じゃ」

「そ、そんな………！」

なんという予期せぬ結末か。

リュシアは先ほどよりも深い絶望の表情を浮かべ、その場に崩れ落ちる。

「ど、どうして、ですか……？　どうして、私のパパは、殺されないといけなかったんですか

「………？」

皇帝は一瞬だけ押し黙るが、周囲に兵士たちがいないことを確認し、小声で言葉を紡ぎ始める。

「実際に入ってみないことにはわからんが、政治の世界というのは、民衆が想像するよりも醜悪で汚いものよ。ヴァルムンドの元国王が我が国に宣戦布告をしてきた時——我が国の世論が激しく動いたんじゃ。我が帝国には主に二つの派閥があることを、お主らは知っているかな」

「ええ……存じ上げています」

ヴァルムンド王国との不仲を取っ払い、新しい関係を築こうとする勢力……穏健派。

それと反対に、徹底的に王国との関係を排除しようとする勢力……強硬派。

この二つの派閥の間で争いが繰り広げられていると、かつて父から教わったことがある。

「もともとこの二つの勢力は拮抗しておった。じゃが、フェルドリア元国王が宣戦布告をしたことにより、これが激しく揺れ動いてな……今ではもう、強硬派のほうが圧倒的に優勢なのじゃよ」

「はい。それも存じています。そして皇帝陛下ご自身も、その強硬派に属していらっしゃると」

「……そうじゃな。下々の支持を獲得するために、表向きはそうなっておる」

なるほど。

ファグスティス皇帝が強硬派となっているのは、別に政治的な思想があるからではなく——。

貴族や民衆から指示を得るために、あえて強硬派という仮面(ペルソナ)を被っている。

それが真相だってことか。

道理で〝謁見の間〟とここでは態度にギャップがあるわけだ。

皇帝本人は、別に俺たちヴァルムンド王国が憎いわけでもなんでもないんだろう。

「当然、余とて進んで王国と戦争をしたいわけではない。しかし、かといって王国を野放しにしていては——強硬派としての立場が危うくなってしまう。それがひいては支持の低下に繋がり、いずれはルズベルト帝国をまとめきれなくなる恐れがあった」

「なるほど……そういうことでしたか」

不敬だと知りつつも、俺はそこで腕を組み、鋭い視線を皇帝に向ける。

「つまり強硬派へのアピールのため、レシアータのやろうとした〝国力増強〟に手を貸そうとしたのですね？　もちろんこれは民衆には知らせず、一部の有力貴族だけに知らせる形で」

「……左様じゃ。彼奴（きゃつ）が企んでいた陰謀は実に恐ろしく、本当にヴァルムンド王国を一方的に支配しうるだけの力があった。ヴァルムンド王国が憎くてたまらない強硬派にとっては、非道な選択とわかりつつも、手を貸したい話だったわけじゃ」

本当に、腐りきった話だ。

レシアータもかなりの狂人ではあったが、そうと知りながら、あいつの陰謀を支持していた貴族もまとめて腐っている。

「そんな折、かのレシアータ・バフェムがこう言ったのじゃ。……最強の魔王ゼルリアド＝フェドゼイオンを生み出すには、かなりの実力者を媒介にしなければいけない。誰か適任を呼び出してほしいと」

「………あ」

そこでリュシアの視線が皇帝に向けられる。

「もちろん最初は当惑した。帝国内での実力者を犠牲にしようかとも考えたが、それでは本末転倒。……そこで思いついたわけじゃ。これから世界情勢は不安定化し、傭兵団を雇った戦争が本格化する可能性が高い。そこで白羽の矢が立ったのが――」

「や、やめてください……っ！」

皇帝が最後まで言い終える前に、リュシアがハルバードを構える。

「パパが亡くなった本当の発端は、あのレシアータって人じゃなくて……ファグスティス皇帝。あなただったんですね………！」

「そうじゃ。許せとは言わん」

リュシアにハルバードの銃口を向けられてもなお、皇帝はその場から動かない。

……おそらく、皇帝は皇帝なりの〝信念〟があるんだろうな。

もし皇帝が強硬派を抑えることができなかったら、より過激な思想を持つ者が台頭してくる可能性が高い。

それこそレシアータのような人物が権力を握ってしまったら、まず間違いなく王国と帝国は全面戦争に突入していただろう。

その意味では、皇帝の狙いは間違っていなかったと言える。

毒を以て毒を制す――。

たわけだ。

テロリストの逆利用という方法に出ることで、強硬派がより過激な方法に出ないように抑えつけ

……もちろん、それが正しい選択だったのかどうかは別にしてな。

「リュシア、ハルバードを収めな。ここで皇帝を攻撃することは、誰も――あのディスティーダ団長だって、望んでいないことだろう」

「…………」

「リュシア」

「……はい。そう、ですよね。頭では、そうわかってるんです……」

リュシアは小声でそう呟くと、ゆっくりとハルバードを下ろした。

「申し訳ないの、リュシア・エムリオット……。納得してくれとは言わん。これが余の……いや、今の帝国の在り方だと思っていただきたい」

「…………」

それには答えず、リュシアはひたすら俯き続けるのみ。

――まあ、それも無理からぬことだろう。

傭兵といえど彼女はまだ十五歳だ。

こんな薄汚れた世界なんぞ、見たくもなかっただろう。

「…………アルフ・レイフォートよ。さっきは『報酬は結構』と言っていたが、それについては気にすることはない。後日、使いの者より報酬を届けさせよう。それが余からの、精一杯の償いだと

思っていただきたい」

「…………」

「それから、今回の話で余が戦争を望んでいないこともわかったはずじゃ。貴国との関係もそのように計らっておくゆえ——どうか安心してもらえればと思う」

皇帝はそこまでを言い終えると、くるりと身を翻し、地上へと戻っていくのだった。

エピローグ

1

「――というのが、事の顛末さ」

「す、すごい……！　さすがにそれは、波乱万丈すぎるね……！」

それから一週間後。

無事にヴァルムンド王国に帰国した俺は、ムルミア村の自宅にて、ラミアに事のあらましを報告していた。

リュシアの過去について。

レシアータという極悪人について。

ディスティーダ団長との再会について。

そして、ファグスティス皇帝の思惑について……。

さすがにリュシアの過去を勝手に話すのは気が引けたので少しだけボカさせてもらったが、帝国に起こった出来事のすべてを、俺は彼女に伝えることにした。

国際情勢が関わっている以上、さすがに帝国のことはできるだけ彼女に伝えたほうがいいだろうしな。

ラミアの紹介があって帝国に渡れたという側面もあるので、ここは包み隠さず報告したほうがいいと判断した形である。

「たった三日間でこんなに事件を体験してくるなんて……。私だったら、正直めまいがしちゃうかも……」

「はは、そうだね。さすがに俺もちょっと疲れたよ」

――第三王女、ラミア・ディ・ヴァルムンド。

本来であれば、庶民である俺には関わることさえできない相手だ。

にもかかわらず俺がタメ口でやり取りしているのは、ルズベルト帝国に向かう前、彼女自身からそう要請があったからだよな。

こうして改めて話してみると、本当に恐れ多いことこの上ないんだが――。

しかし王女本人の希望である以上、無碍に断るわけにもいかず。

ばりばりに違和感を抱きながら、俺も探り探りで話している最中だった。

「しかし、結果的にはアルフ殿に出国していただいて良かったですね」

と会話に入り込んできたのは、ラミアの専属護衛、カーリア・リムダスだ。

「レシアータという人物を野放しにしておけば、本当に取り返しのつかないことになっていたでしょう。一応、ファグスティス皇帝が兵士を引き連れてきていたとはいえ……」

「そうですね。レシアータには治癒神の力が宿っていましたから、いくら帝国軍が押し寄せてきたとて、奴の陰謀を食い止められていたかどうかはわかりません」

今回の事件を思い起こした時、これが一番の疑問なんだよな。

ひとまず俺とリュシアがレシアータを止められたからいいが、もし仮に俺たちが負けてしまった場合——いったいどうするつもりだったのか。

ファグスティス皇帝は抜け目のない男だ。

レシアータが治癒神の力を取り込んでいる以上、自国の兵士だけでは勝ち目がないことはわかっていたはず。

「——たぶんその場合は、別の一手を打ってきたと思う」

と。

俺の考え事を読み取ったのか、ラミアが真剣極まる表情でそう言った。

「ファグスティス皇帝はかなり狡猾（こうかつ）な人物だからね……。件（くだん）のテロ組織が敵国と繋がっていたことにして開戦させるか、もしくはあえて一度はテロ組織の軍門に下るか……。その時の状況に応じて、皇帝自身が最も得をする手段を取る……。私はそう思うわ」

「……うん、そうだね。たしかにそうなりそうな気がする」

ラミアの言っている通り、ファグスティス皇帝は狸（たぬき）のごときずる賢さを持っていると思う。

今回は俺のほうから疑問を投げかけたゆえに、ディスティーダ団長を呼び出した経緯を語ってくれたが——。

もし俺やリュシアが何も気づかなかったとしたら、おそらく何も打ち明けてこなかっただろう。

その時その時に応じて、自分が最も有利になるように行動する——。

たしかに、そんな狡猾さがファグスティス皇帝からは感じられた。

「それでラミア。あの時、ファグスティス皇帝は戦争しないように計らっておくと言っていたけど……実際、何かしらのコンタクトはあったのかな？」

「ああ、そうね。それも話しておかないとだわ」

ラミアはそこで目を見開くと、さっきまでとは幾分か表情を和らげてから言った。

「――まあ、結論から言うと友好協定の申し出があったわ。強硬派がいる手前、公式には発表できないそうだけどね……。ひとまずは前進って言えると思う」

「おお……、それは良かった……!!」

俺がルズベルト帝国に向かった当初の目的は、ヴァルムンド王国との戦争を防ぐためでもあったからな。

それが無事に成し遂げられたのならば、こんなに嬉しいことはない。

「うっふっふ♡　さすがはアルフね♪　リュシアちゃんの事件を解決に導いただけじゃなくて、戦争回避にまで持っていくなんて！」

「い、いやいやいや……。それに関しては、別に俺が何かしたってわけじゃないし……」

むしろ自然の成り行きでこうなったっていう状況だもんな。

あんまり褒められても、それはそれでラミアを騙しているようで申し訳なくなる。

「ふふ、気にしなくていいのよアルフ。あなたが頑張ったのは間違いないんだから、ここは堂々と胸を張ってちょうだい」

「ラ、ラミア……」

「そうですね。それに関しては私も同意です」

ラミアの言葉を引き継ぐ形で、カーリアが言葉を紡ぐ。

「たとえ国を救ったのが偶然の産物だったとしても、これはアルフ殿が勇気を持って立ち向かったからこその結果。ですからぜひ、私からもお礼を言わせてください」

「カ、カーリアさんまで……」

まあ、ここまで言われるのなら、素直に頷いておかないとむしろ失礼か。

俺がリュシアや頑張り続けたのは事実なんだし。

「あ、ちなみになんだけどさ、アルフ」

俺が黙りこくっていると、ふいにラミアがそう話を切り出してきた。

「あのリュシアちゃんって子、今は何してるんだっけ？　帝国を出たところまでは一緒に行動してたんだよね？」

「ああ、《闇夜の黒獅子》の里に帰ったよ。一緒にムルミア村に来ないかって言ってみたんだけど、里に戻りたいって……」

「そっか……。そうだよね、あんな事件があったばかりだもん」

「うん。そういうことさ」

少し寂しくもあるが、俺とリュシアの関わりはここまで。

ディスティーダ団長に彼女のことを任されはしたが、一番に優先すべきは彼女の意志だからな。

ディスティーダ団長から発破をかけられていたことだし、今後はきっと、立派な傭兵として成長していくことだろう。

願わくは、敵として戦うことのないようにあってほしいもんだけどな。

――と。


「し、失礼しま～す。アルフさんはいらっしゃいますか?」


ノック音と共に、なんだか聞き覚えのある声が聞こえた。

「あ、あれ……?」

っていうか、おかしい。

この声、もろにリュシア本人なんだが……。

いったいどういうことだ?

俺はラミアと顔を見合わせると、とりあえず玄関前まで移動。そしておそるおそるドアを開けると、目の前にはリュシア・エムリオットがいた。

「あ、アルフさん! あ～良かった、このお家で合ってましたよね!」

俺の顔を見て、リュシアがぱあああっと目を輝かせる。

……おいおいおい、ちょっと待てよ。

いったい全体何がどうなってんだ。

「リュシア、おまえ、里に帰るんじゃなかったのか……？」

「え？　帰りましたよ？」

何を言ってるのかわからないといったふうに小首を傾げるリュシア。

「アルフさんと一緒に住みたいのは山々ですけど、さすがに団のみんなに何も言わずに抜けるわけにもいきませんから。だからみんなに挨拶して、それでここに戻ってきたんです！」

「…………」

マジかよ。

あれはそういう意味だったのかよ。

俺はてっきり、これで今生の別れになると思ってたんだが……。

「え……。その反応、もしかして、駄目ですか……？」

俺の沈黙をどう捉えたか、不安げに上目遣いをしてくるリュシア。


――アルフ殿。図々しい頼みなのはわかってますが……どうか、この娘のことをお願いできますか。これまでの旅で痛感されたとは思いますが、戦闘的にも精神的にも、まだまだ未熟なところがありますんでな……――

――へへ……ありがとうございます。アルフ殿に預けられるのなら、もう安心だ……。もう思い残すことはねえ…………――

ディスティーダ団長とこう約束した手前、俺としては断る理由はない。

……というか、ここでリュシアを拒むのはあまりに不義理だからな。

「そんな顔をするな。もちろん歓迎するから、早くあがってくれ」

「ほ、ほんとですか!?　やった～～～！」

一転して表情を輝かせ、さながら少年のような無邪気さで家に入るリュシア。

「あ、あなたは前にお会いした……、えっと、らみあさんでしたっけ？」

「ふふ、正解です♡　また会えましたね！」

「はい、またお会いできて嬉しいです！　――でも今日は兵士さん、らみあさんをガードしなくて大丈夫なんですか？」

「……ええ、その必要はないでしょう。あなたのお話については、アルフ殿からいろいろと聞いていることですし」

「あ、ほんとですか！　わ～い！」

……まったく、賑やかなことこの上ないな。

まあ、これはこれで悪くないか。

「あら♡　そしたら、私もお邪魔していいですか？」

「えっ…………」

玄関前で立ち尽くしていると、またも聞き覚えのある声が聞こえた。

――シャーリー・ミロライド。

Aランク冒険者にして、無限神教の教皇でもある女性だ。

「シャ、シャーリーさん！　もう大丈夫なんですか？」

「ええ、もうすっかり元気ですわ♪　……執行部にも甚大な被害が出てしまいましたから、ご挨拶に来るのが少し遅れてしまいましたけれど」

「あ……。そうか、そうでしたね……」

たしか俺たちが帝都の宿で眠っていた時、傷だらけになった執行部が現れたんだよな。

その執行部はレシアータの妖術にかけられており、彼が握っていた手紙を俺たちが読んだ瞬間、妖術が発動して死亡してしまった……。

「シャーリーさんすみません、えっと……」

「ふふ、いいんですよ。あれはすべてレシアータの策謀……。ここで私たちがいがみ合ってしまえば、まさしく彼の思うつぼでしょう」

「そうですね……その通りです」

死んでもなお、俺たちに禍根を残そうとしてきたレシアータ・バフェム。

帝国ではいろいろあったが、そんな化け物を倒すことができただけでも――ひとまずは良しとするか。

「ふふ、それよりもなんだか楽しそうな雰囲気ですね？　リュシアちゃんもここに来てるんですよね？」

「あ、そうです。ついさっきここに来たばかりで」

「あら♡　それなら私もお邪魔させてくださいな♡　帝国での事件が解決したお祝いに、私も今日は盛大に遊びたいですわ♪」

「はは……別にいいですけど、ほどほどにしてくださいね？」

「もちろんです♡」

ラミアにカーリア、シャーリーにリュシア。

大勢の仲間たちが集まったということで、本日は久々に、みんなで楽しくパーティーを満喫することになるのであった。

2

一方その頃。

アルフの父――ファオス・レイフォートは苦難の日々を送っていた。

「お、おのれ……。なぜ私がこんな場所に……」

「お～いおっさん。やっぱ仕事やらんの？」

「はっ！　やりますやります！　ぜひやらせてください！」

ヴァルムンド王国。ボーダーブラッド街。

王都から遠く離れたこの街は、俗に言う〝スラム街〟とでも呼ぶべき場所だった。

訳ありの者たちが集い、その日暮らしの金を稼ぐために赴く街……。

ほとんどの者が過去に何かしらの事情を抱えているため、互いに詮索することなく、自分の身分も知られずに過ごせる街……。

そうしたことから、ファオスはこのボーダーブラッド街に身を置くことに決めた。

やはり剣帝ファオス・レイフォートの名はかなりの知名度を誇っており、普通の街や村では穏便に過ごすことができない……。

平穏を手にするためには、もはやこのスラム街で過ごすしかなかったのだ。

「建設現場の作業員。資材をひたすら運ぶ作業で、拘束八時間の銀貨一枚。どう？」

「…………ぐぐ」

「嫌ならやめてもいいけどね。でも、最近は元国王のせいで不景気になっちゃってるし……断ったら今日仕事できるかわからんよ？　どうする？」

「や、やります。やらせてください」

「は〜い、了解。とりあえず四十代のおっさんなら、まあ向こうも喜ぶでしょ」

ここボーダーブラッド街の求人方法はかなり特殊だ。

所定の時間になると、いつもの場所に求人募集のスタッフがやってくる。

建設現場、謎の場所の警備、農作業、漁業、資材集め……。

冒険者ギルドでも請け負わないような低賃金の仕事が、ここで募集をかけられる形だ。

ギルドの依頼と違って、ここでの仕事は身分の証明が一切いらない。

ある程度年齢が若く、また健康体でありさえすれば、基本的にはそのまま希望が受諾されていく。

ファオスは現在四十七歳。

世間一般の価値観ではもう全然若くないが、それでも、ここボーダーブラッド街なら比較的若いほうだ——。

だからこそ非常に仕事を見つけやすく、都合よく身分も詮索されない、その日暮らしができる場所……。

ファオスがこの場に流れ着くのはごく自然な流れだと言えた。

以前までのファオスなら、スラム街に住むなどプライドが許さなかったが——。

《剣帝》スキルを失って、今やなんの特技も持たない彼にとっては、ここしか日銭を稼げる場所がない。

「それじゃ、あと十分くらいしたら案内の人来るからね～。そこの列に並んで待っててよ、おっさん」

「は、はい……」

自分より若いスタッフにそう指示され、ファオスは指定の列に並ぶ。

かなり屈辱的なことではあるが、ここで荒波を立てても良いことはない。

ここは歯を食いしばり、なんとか耐え抜くしかない……。

「はぁ……」

こういう時思うのが、二人息子が今何をしているのかである。

人々の噂を聞いた話だと、アルフはなんと、凶暴化したフレイヤ神を討ち倒したらしい。乱心して世界中を敵にまわそうとしたフェルドリア国王に立ち向かい、世界を救った英雄として、今は国内外で持て囃(はや)されているのだとか。

一方、弟のベルダは消息不明だ。

スキルを失い、人目を避けてコソコソ歩き回るファオスに嫌気が差したのか――以降は自分一人で生きていくと言って、ファオスのもとを離れたのである。

ベルダのほうはともかくとして、アルフは現在、かなり華やかな日々を送っていることが推察される。

今どこにいるのかはわからないが、もし生活が立ちゆかなくなったりしたら、いずれは彼を頼るしかないのか……。

「はぁ……」

そこまで思索を巡らせて、ファオスはひとりため息を吐く。

今後のことを考えると気持ちが暗くなってしまう。

――自分はもう、ただのしがないおっさんでしかない……。

そう割り切って生きていくしかないと、改めて〝後ろ向きな決意〟をするのだった。

あとがき

こんにちは、作家のどまどまです。

この度は《∞チートアビリティ》の二巻をお手に取ってくださり、本当にありがとうございます。アルフたちの織り成す物語が、少しでも読者の皆様の息抜きになってくれたなら……作者としてこんなに嬉しいことはありません。ぜひ本作を通じて、楽しいひとときをご提供できたらなと思います。

さて。

一巻のあとがきにて、「ライトノベルを取り巻く環境は大きく変わっていっている」というお話をさせていただきました。

実はそこからもいろいろと大きな変動が起きている状態でして、やはり流行へのチェックを怠ると一瞬で置いていかれるなと感じています。

今このあとがきを書いているのが四月半ばなのですが、一巻を発売した昨年末からの間でも、「小説家になろう」様のランキング表示が変わったり、ランキングに上がる作品の傾向も変わったり……半年もしない間でこれほどの変化が起こっているのです。

本当はもっと細かいお話もありますが、それについて語りだすと終わらなくなってしまいますので、いったんここまでにして……(笑)。

やはりこのあたりのチェックは、作家として引き続き継続していきたいなと考えています。

もちろん流行だけに捉われるだけでなくて、プロダクトアウト――自分にしか書けない作品を書いて世に問うていくことも大事です。

やっぱり物書きである以上は、そうした物語も書いていきたいですからね。

私自身が読む側にまわるときも、その作者にしか書けない「徹底した面白さ」が表現されている作品に強い魅力を感じます。

本作《∞チートアビリティ》二巻につきましても、そのプロダクトアウトが強い作品となっています。

従来の「追放モノ」や「無双モノ」が好きな方に楽しめるようにしつつも、それ以外の要素も多めに入れ込んでいるように書かせていただきました。

とはいえ、私もまだまだ未熟者。

もし本作を読んで「こうしたほうがいいんじゃないか」「こういう展開になってほしかった」といったご意見・ご感想がありましたら、ぜひとも私のX（旧：ツイッター）アカウントにでも投げかけてくださると嬉しいです（もちろんすべてを取り入れられるとは限りませんので、そこだけご了承くだされればと思います）。

さて、最後になりましたが、一巻に引き続き素晴らしいイラストを仕上げてくださったyu-ri様、熱意とともに本作を担当してくださった担当編集者様、そして本作を手に取ってくださった読者の皆様に感謝の気持ちをお伝えし、このあとがきを締めたいと思います。

ありがとうございました。

どまどま

BKブックス

外れスキルだからと追放された
《∞(むげん)チートアビリティ》が強すぎて草も生えない件

～偶然助けた第三王女にどちゃくそ溺愛されるし、
前よりも断然楽しい生活送ってます～2

2024年6月20日　初版第一刷発行

著　者　どまどま
イラストレーター　yu-ri(ゆーり)

発行人　今 晴美

発行所　株式会社ぶんか社
〒102-8405　東京都千代田区一番町29-6
TEL 03-3222-5150（編集部）
TEL 03-3222-5115（出版営業部）
www.bknet.jp

装　丁　AFTERGLOW

印刷所　大日本印刷株式会社

ISBN978-4-8211-4687-1